L'Amant

Du même auteur
aux éditions Albin Michel

LETTRES A L'AMANT

Mireille Sorgue

L'Amant

Préface et notes de
HENRY BONNIER

Albin Michel

22, rue Huyghens, 75014 Paris

ISBN 2-226-02202-3

Un inguérissable désir

« Dis-moi si c'était beau tout à l'heure quand tu délirais? Plus beau que les autres fois? » Cette parole de l'Amant, faite de curiosité inquiète, quel homme ne l'a jamais prononcée? Elle fonde la différence autant que la distance, alors que tout semblait confondu, et à jamais, avec L'Amant.

Mystère de l'amour que cette fusion sans cesse recommencée dans les cris et les chuchotements, sans cesse attestée par le silence des paroxysmes et que la première parole abolit : « Dis-moi si c'était beau... » Ainsi parle l'Amant du fond de sa propre joie. Et, par le silence rompu, sait-il seulement qu'il a regagné le plus obscur de sa forteresse?

Il faudrait se taire, et se taire encore, tandis que le sang bat aux tempes, rythmant à sa façon les grandes célébrations du corps et de l'esprit.

Il faudrait se taire, afin que le mystère de l'amour se prolonge indéfiniment de l'amour du mystère.

Survient la femme, celle que l'Amant était devenu, celle qui s'est retirée de lui dès qu'il a prononcé le premier mot, et qui, continuant son rôle d'initiatrice, dit d'une voix lisse : « Je ne veux pas inventer; j'essaie d'être attentive. »

Parole minutieuse, artisanale presque. Nul men-

songe, fût-il le plus grandiose, ne vaut la vérité, fût-elle la plus humble. La vie se joue dans les marges du vrai. Et que serait cette vie, si elle se contentait d'être vécue? De là, les nécessités du texte, non point écrit dans l'exaltation d'un sang affolé de jouissance, mais composé au jour la journée, de manière que la vie vraie s'accorde avec la vraie vie : « Je voudrais écrire comment je t'aime, dit-elle. En une longue lettre. Je voudrais faire ce progrès vers toi, réduire autant que c'est possible la distance entre nous, l'ignorance qui la cause. »

Celle qui parle ici, et qui n'arrêtera plus de parler, se nomme Mireille Sorgue. Elle a vingt et un ans, et n'arrêtera plus d'avoir cet âge, vouée qu'elle est par sa mort prématurée comme par son œuvre inachevée à célébrer l'amour, et seulement l'amour, auquel, par son âge, elle s'identifie admirablement.

Ménandre se plaisait à dire que les dieux aiment ceux qui meurent jeunes. Entendons qu'il s'agit de la seule jeunesse qui vaille : celle du cœur. Mais saluons-la, si elle se réunit à celle du corps. A cet égard, Mireille Sorgue fut comblée, et d'autant mieux qu'elle ne cessa pas de garder présente à son esprit la proximité de sa propre mort, laquelle résonne tout au long des pages – j'allais écrire : des pas – de L'Amant *non à la façon d'un glas, mais à la manière d'une horloge.*

Les heures heureuses deviennent des heures nécessaires. Par compatissance extrême, Mireille Sorgue, qui pressent que « son temps sera bref », trouve très vite le langage de l'éternité : ce qui revient à dire qu'elle se découvre de bonne heure, à la fois dans son rôle d'amante et dans sa nécessité d'écrivain : « Je suis ainsi faite que je ne me sens vivre que quand j'essaie de dire ce que je vis. Et que je n'ose me croire amoureuse que quand je suis capable de dire comment je le suis. »

Étrange et fantastique métamorphose : l'acte fonde l'écriture, qui l'atteste. Sans l'écriture, l'acte n'aurait pas de mémoire. Il serait de l'ordre du souvenir, brume légère noyant à l'automne les contours du paysage. L'écriture donne au temps la netteté de l'épure. Du coup, la mémoire, loin d'être le reflet d'une vie, devient la vie même, non pas revécue, mais fondée en légitimité. C'est ainsi que s'entend cette phrase : « J'écris pour mieux t'aimer », même si Mireille Sorgue se croit obligée d'ajouter : « Ce ne sont pas des raisons d'écrivain, mais des raisons d'amoureuse. »

Cette exigence – c'est un mot qui lui va bien – fera de Mireille Sorgue l'une des très rares femmes à avoir chanté l'amour, à avoir célébré le corps de l'Amant, et il n'est pas indifférent de savoir que, du temps qu'elle était étudiante à Toulouse, à la fin de 1963, elle avait décidé de faire connaître à ses condisciples la figure et l'œuvre de Louise Labé.

Elle a alors dix-neuf ans. Elle demande à son professeur l'autorisation de faire un exposé coupé par la lecture de maints poèmes. Ce qui lui est accordé. Il en subsiste trente pages de cahier qui se concluent notamment par ces lignes : « C'est surtout une œuvre libératrice (...) dans la mesure où cette voix crie ce que la plupart ne savent ou n'osent dire, dans la mesure où elle délivre les amants de leur mutité. »

Que Mireille Sorgue ait donné aux Sonnets *de Louise Labé le soutien d'Eluard et de son « Dit de la force de l'amour » :*

> *« Hommes, femmes, en proie au délire de l'amour,*
> *à haute voix criez je t'aime*
> *dites ce que vous ressentez, par-dessus toutes les contraintes,*
> *vous ne le regretterez pas,*
> *vous n'avez pas d'autre occasion d'être sincère »,*

montre à l'évidence deux choses : non seulement elle n'établit aucune distance entre Louise Labé et Eluard, fondant ainsi l'amour dans son immutabilité, mais encore elle revendique pour elle-même la liberté de parler de l'amour sans contrainte.

⁂

Ce qui s'écrit sous nos yeux dans L'Amant trouve son contrepoint dans les Lettres à l'Amant [1], que nous publions de leur côté. Il s'agit d'une des plus prodigieuses aventures littéraires. Mireille Sorgue s'y montre en amoureuse, se prenant pour personnage de l'amour qu'elle vit. Imagine-t-on cela? Ces notes de feu prises sur le vif, pourrait-on dire, sans nuire jamais à la vie même de cet amour?

C'est d'elle, et d'elle seule, qu'il s'agit, quand elle note : « ... elle inventait les caresses en une si sûre improvisation, que ce corps dont elle jouait pour la première fois lui semblait familier. » Et de demander tout à trac à son amant : « Quand t'avais-je déjà tenu dans mes bras? », avant de rejoindre les grandes généralités qui la hissent jusqu'à Platon : « C'était cela sans doute l'inspiration, cette jubilation dissipant craintes et scrupules pour la réalisation d'actes irréversibles, au dessin nécessaire, qui s'imposent comme des réminiscences. »

Il faut être attentif à ces quelques lignes, à partir desquelles s'élabore une esthétique singulière, originale, hautement revendiquée par l'auteur, qui fait que le texte, ensemble respiration et méditation, cri et mémoire, passe du « je » au « elle » sans autres transitions que les successives métamorphoses auxquelles elle se sent vouée avec bonheur. Ce qui fait que l'Amant relève du cri autant que

1. *Lettres à l'Amant,* préface de Henry Bonnier, Paris, Albin Michel, 1985.

de l'écrit. « Œuvre non pas achevée, non pas close », peut-on lire dans « Matériaux pour la main », « mais tout entière suspendue, incertaine, oscillant : la vague au point de sa culmination... [1] *»*

Nous sommes ici dans la liberté du désir, dans ses violences et dans ses silences. Dès l'âge de dix-neuf ans, dans une lettre datée de Pâques 1963, Mireille Sorgue écrit : « Je sais toute parole un défaut du silence, comme une bulle dans la masse cristalline. Mais il entre de la volupté d'écrire (...). Il m'est égal de mourir toute. Et ce n'est pas tant pour me survivre que pour vivre que je veux écrire... »

Levons aussitôt un doute : cette jeune femme était faite pour le plaisir. N'allons pas chercher je ne sais quelle impuissance à être. C'est du côté de l'absolu qu'il faudrait se tourner. Et, qui plus est, un absolu d'enfance. Il n'y a aucune contradiction à rapprocher cette affirmation : « Par mon ventre ouvert tu es entré dans mon enfance », de celles-ci : « Je crois que la mort seule peut me finir mon enfance. Je crois que la mort m'éternisera dans l'enfance. »

Dès lors, l'acte d'amour n'est plus ce qui inaugure l'avenir : il se justifie dans ce retour aux sources, il est « reculé aux sources », pour reprendre une expression de René Char; bref, il est ce rendez-vous avec la lumière perdue. On comprend mieux, ainsi, ce qui fonde l'écriture : elle va devenir mémoire pour un présent impossible.

Henry BONNIER

1. Cf. *infra,* p. 166.

I

Tu es curieux de moi, je le sais. Après cinq ans mes dons et mes silences te causent la même surprise. Quand tu me tiens dans tes mains, tu t'irrites toujours de ne pouvoir me saisir toute. Je m'efforce pourtant d'être claire, et je crois être assez semblable aux autres, assez semblable à toi. Mais nos ressemblances, notre longue complicité, te rassurent à peine. Tu me regardes, tu me contournes, tu m'étudies. Je sens que tes caresses m'interrogent – et tes yeux aussi, ouverts près de mon visage quand je m'éveille après toi : – Comment peut-on être fille? et comment m'aimes-tu? Ce sont des questions difficiles, et d'ordinaire je n'y réponds pas. Je souris seulement, je me fais douce pour que tu ne t'irrites pas de mon silence, je frotte ma tête contre toi avec une insistance de chat familier... Je ne sais pas. Il faudrait chercher, choisir des mots, et ne vois-tu pas que je suis occupée à nous écouter vivre ensemble... Mais tu insistes : – Dis-moi comment cela fait d'avoir des cheveux longs? des seins? et quand j'entre dans ton ventre? Dis-moi si tu me caresses pour ton plaisir ou pour le mien? Dis-moi si c'était beau tout à l'heure quand tu délirais?

Plus beau que les autres fois?... Je me dérobe avec un geste d'ignorance. Ce n'est pas que je sois gênée de parler de ces choses, mais je ne voudrais pas te tromper, et je sais trop combien les mots sont approximatifs. Je ne veux pas inventer; j'essaie d'être attentive. Aussi, quand tu es là, je parle peu. Je ne dis pas de mots inutiles. Je suis une femme qui s'occupe de sa maison, et de l'homme qu'elle aime, avec les gestes simples et nécessaires qu'elles font toutes. J'épluche des légumes, je lave des assiettes, j'essuie des meubles; je mange assise en face de toi et le soir j'ouvre notre lit. Je ne fais presque pas de bruit; sauf quand tu me fais rire. Ou quand, m'ayant troublée et prise, tu me fais soupirer d'aise puis gémir jusqu'à épuisement : « Tu as chanté, tu as chanté! Est-ce que tu t'en souviens? » Oui, je m'en souviens, mais comment te le raconter? Cela sonnerait insolitement dans cette chambre où, par naturelle simplicité, nous n'usons que de mots ordinaires, faciles, qui se dissolvent aussitôt et n'altèrent pas le silence.

Oui, c'était beau! Mais je ne te raconte pas mon plaisir. Et je n'ai pas besoin que tu me dises le tien, car j'ai tenu mes yeux ouverts jusqu'au moment où l'angoisse et l'abandon ont paru sur ton visage. Je ne te dis pas non plus que je t'aime. Je l'ai découvert il y a longtemps et crié en me précipitant, me heurtant, me brisant contre toi. Et nous fêtons ce jour comme notre rencontre.

Je t'aime. Mais je ne le dis pas. Ces mots ne sont-ils pas terribles? Nous ne les mêlons pas aux réflexions sur le temps, l'argent, autrui... Ils s'embarrassent dans ma gorge quand nous nous séparons, quand nous nous retrouvons, quand il fait beau et que nos rires nous rapprochent. Je n'ose pas les prononcer à voix haute, comme si cet acte d'orgueil, de démesure devait déclencher je ne sais quelles représailles.

Quelquefois, quand je suis seule, je le répète tout bas : Je t'aime, je t'aime, je t'aime... Cela ne me satisfait pas. Cela ne me délivre pas. Je ne comprends pas. Je suis saisie d'angoisse, étonnée; je crois que je deviens stupide. Je t'aime... Il me semble même que cela n'a rien à voir avec ce que je sens pour toi... Peut-être l'aveu en est-il impossible? Je t'aime, qu'est-ce que cela veut dire? Et pourquoi ces seuls mots, toujours les mêmes, pour ce qui change?

Il arrive que je les écris – Écrire est facile; on croit que cet acte secret qui s'accomplit dans le silence restera impuni. Mais ce n'est jamais sans mauvaise conscience. On a si tôt fait d'écrire : Je t'aime. Ne le savais-tu pas déjà, et n'attendais-tu pas de moi des paroles plus claires?

Je voudrais écrire comment je t'aime. En une très longue lettre. Je voudrais faire ce progrès vers toi, réduire autant que c'est possible la distance entre nous, l'ignorance qui la cause. Ainsi, je ne serais pas moins différente de toi, mais peut-être te serais-je moins étrangère, peut-être te sentirais-tu moins seul. Quelqu'un aurait cherché à te rejoindre, à communiquer avec toi. Et si je ne le fais, moi, ta femme et la seule, qui cela pourra-t-il être?

Je dis souvent que je veux t'aimer mieux. Je suis sûre que je peux, si je le veux, t'aimer mieux. Mais il ne suffit pas d'être appliquée et fervente dans tout ce que je fais, à tous les moments du jour, comme pour te faire honneur constamment. Il faut aussi que je fasse cet effort de m'exprimer. Car de quel secours peut t'être un amour auquel tu crois sans le connaître mieux que si j'étais muette? D'ailleurs, je suis ainsi faite que je ne me sens vivre que quand j'essaie de dire ce que je vis. Et que je n'ose me croire amoureuse que quand je suis capable de dire comment je le suis.

Je te le dirai. Et ainsi, parlant de moi, je te louerai.

Il y a si longtemps que cet éloge s'amasse en moi, fait du souvenir des caresses, de l'émerveillement des choses apprises. Mon aimé, mon amant – mais ces mots aussi m'irritent; tu es tant d'êtres divers que je ne me résous pas à te donner un nom. Quand je parle de toi à mes parents, à mes amis, je ne te nomme pas. On a pris l'habitude de ces phrases insolites : – Il est venu dimanche. Il m'a dit que... Il m'a écrit que... Je lui raconterai... Je lui donnerai...

Le temps que je ne me raconte pas me semble tout à fait perdu. Oh! c'est sans doute vain que de croire qu'en disant les choses on retient un peu d'elles, mais du moins cet effort, quand je le fais, me donne meilleure conscience. Je n'ai pas de forces contre notre mort. Quand l'un de nous ne sera plus, que feront à l'autre ces pages? Mais c'est là tout ce que je peux faire pour nous défendre contre le temps. Défense illusoire; qui ne le serait pas beaucoup moins si ceci faisait un livre qu'on lirait après nous. Les livres sont si peu de choses, qui durent si peu de temps, et les mémoires qui les retiennent moins encore.

J'aurais pu croire que tu m'avais délivrée de cette angoisse du temps, de cette douleur de devoir mourir qui m'a prise soudain à dix-huit ans quand j'ai vu un mort pour la première fois, et me suis sentie pareille, mortelle. Et il est vrai que je ne pleure plus du désespoir d'être éphémère. J'ai même appris à « perdre », à savourer sans réticence ce temps qui nous est mesuré; moi qui n'étais que diligence, inquiétude, ardeur, auprès de toi j'ai appris la paresse. Je ne m'éveille plus la première : les sommeils que tu me fais sont profonds. Et quand je ne dors pas, je reste encore entre les draps, entre tes jambes, tard dans la matinée.

Qu'un homme à aimer donne de prétextes pour ne plus résister, pour s'abandonner au cours des choses, à la suite des jours, sans chercher à s'en rendre compte, à se les représenter. Et pourquoi s'interroger? N'est-ce pas dans cette heureuse inconscience qu'il faut passer le temps?

Mais je refuse l'inconscience. J'écris pour être lucide, j'écris pour mieux t'aimer.

Ce ne sont pas des raisons d'écrivain, mais des raisons d'amoureuse.

II

AU PREMIER soir de l'été, parmi les choses belles dont je veux faire l'éloge est l'homme. L'homme au centre des choses que je veux célébrer. Non pas l'homme maître des choses et des bêtes, mais l'homme maître de la femme, l'homme pourvu de sexe d'homme et le sort qu'il me fait.
Ingrate envers les mères qui ont soigné ma faim et m'ont fait grandir sans désirs, j'aime l'homme qui rouvre la faim et qui ne la guérit jamais.
J'aime l'homme d'un inguérissable désir.
Debout, couché, son corps est toujours un modèle.

L'AMANT DOCILE se couche sur le ventre.

Ses fesses sont l'image de l'innocence. Leur courbe candide me dispose à la tendresse.

Je le regarde.

Il est plus beau qu'un cheval mais je l'enfourcherais en vain. Je glisserais sur ce dos lisse qui ne mène nulle part.

N'est-ce un plaisir que pour les yeux? Je me penche sur ses cuisses. Il me livre le parfum de foin noir et de vase que diffuse la fleur mauve qui le clôt, seul point féminin de son corps.

J'ai découvert sa racine. Elle se renfle sous mes doigts comme les muscles d'un chat satisfait.

Et lorsqu'il se retourne et me montre son désir, je tremble.

Ses fesses sont la fraîcheur même. Je les sépare avec délicatesse comme un beau fruit et comme il m'ouvre, avec le même amour curieux de ses secrets je veux l'ouvrir.

Je l'envie de pouvoir entrer loin en moi quand je n'ai, pour le connaître, que ce qu'il veut bien mettre en moi de lui, le goût de sa langue et sa véhémence qui fuse au plus fort de la querelle.

Mais l'homme inviolable cède à peine sous ma langue et je rêve de lui faire une blessure pour connaître la couleur et le goût de son sang. Je rêve de cheminer rigide à l'intérieur de lui.

Ses fesses sont la fraîcheur même, mais ma langue est trop brève; et son sexe est une source à naître, mais toutes mes bouches sont de fausses bouches qui ne me donnent pas à boire.

Il ne me désaltère pas, c'est pourquoi je le meurtrirai entre les lèvres de ma soif.

COMME AUTREFOIS dans la prévenance du sourire de sa mère, elle s'éveillait à présent sous la main constante de son amant.

(Il dormait encore, tandis qu'elle s'éveillait sous la main qu'il avait posée sur sa hanche.)

Elle ne savait d'abord rien d'elle-même, sinon ce happement de tendresse, cette frontière claire-obscure, et qu'elle était chose tenue, fixée, définie, bien qu'ignorante encore de sa forme et de son nom. Mais, familier, ce proche horizon de sa chair la rassurait, l'invitait à aborder l'étendue de jour, pénétrable et pénétrante, plus fluide que la nuit, et dont elle devinait l'imminence. Côtoyant un espace malléable, elle était pourtant sauve de tout vertige, car la main qui lui imposait le jour en rendait aussi l'accès plus facile, exigeante mais secourable comme la paume virile à laquelle se confie l'enfant apprenant à nager. Ainsi s'abandonnant s'affermissait-elle, soulevée d'inspirations égales, vagues magnanimes en bordure du jour. Pesante à nouveau, présente à nouveau! Mais qui n'était encore que présence neuve, n'ayant pour tout passé qu'un matin renouvelé. Jusqu'à ce que s'éclaire enfin l'image ultime, en deçà du passage nocturne : elle s'éveillait sous la main qui l'avait endormie... Il semblait que le jour continuât la veille sans rupture pour mieux se ressaisir d'elle. (Ainsi pour rendre un amnésique à son passé s'efforce-t-on d'en reproduire autour de lui l'apparence.) Après le vain voyage en eaux mortes, l'errance de navire fourvoyé dans les chenaux impraticables, elle glissait sur la pente loyale, elle recommençait à couler vers l'afflux prochain du jour. Elle habitait à nouveau le lit facile de son histoire de fille très-aimée.

Prise, et pourtant mobile. D'une mobilité virtuelle mais délectable. (Vaisseau sur son ancre, dans l'attente des appareillages...) N'était-ce pas se retrouver au cœur de soi, dans l'essentiel de sa condition élue, dans la saveur de sa vocation de captive heureuse, et libre de se vouloir telle?

Prise, pourtant mobile; astreinte, exaltée par cette main qui réprimait, qui suscitait le surgissement de sa hanche, elle naissait d'une naissance à la fois forcée et indéfiniment retardée. Nouveau-née se défroissant, elle recommençait à respirer au rythme calme qui lui était insufflé. (Ainsi le souffle unique de l'orchestre avant que la musique se déclare, reçoit-il de la seule main du chef la mesure convenable.)

Prise, mobile, elle s'éveillait sous la main-maîtresse qu'il avait la veille posée sur sa hanche. Elle n'avait pas forme de fille. Il n'avait pas forme de main. Mais elle se retrouvait, se savait identique sous cette emprise immuable, vie quiète qu'il opprimait à peine d'un excès de douceur. Elle était à nouveau confusément vivante, encore immobile et close, mais rassemblée, latente – telle une île aux contours brouillés de vapeurs ou demi-noyés par une insidieuse marée. Corps submergé, mais proche de l'émergence. Ile-sous-le-vent. Protégée du vent qu'un grand arbre d'ombre sourde tient prisonnier de ses réseaux. Ile somnolente sous une ombre chaleureuse de nuage arrêté dans un ciel de beau temps. Ile sous le soleil lové dans sa couronne.

Elle s'éveillait sous sa main qui n'avait pas forme de main, mais seulement de courbe du vent repu de pollens; nonchalance; forme de caresse oubliée là, de caresse de sable – la trace enfin relevée du fabuleux marchand qu'enfant elle n'avait jamais pu surprendre. Main semeuse de sommeil ayant cédé, distraite, à son charme.

(Ou peut-être, après l'oubli au fond des forêts, le temps venait-il de revivre sous l'effleurement des doigts du Prince? La pure fable, que le jour à sa naissance!)

Elle s'éveillait à l'ombre de la main de son amant, non pas main mais paupière très unie la protégeant de l'acuité du jour, n'en laissant passer jusqu'à elle qu'une liqueur qui devenait sa chair même sans cesse croissante. Elle était tout entière comme un regard sauvé que l'on maintient encore sous un bandeau pour le préserver de la cruelle merveille des couleurs. Mais elle se reconnaissait aussi sûrement que l'eût fait un aveugle-né et choisissait parmi les avenues du matin sa voie accoutumée, celle qui conduisait au soleil, à l'amour, à ce visage dormant auprès d'elle.

A ce visage, à ce corps qu'elle jouait à deviner, ne voulant pas se retourner encore, ne voulant pas ouvrir déjà les yeux... Elle le devinait bien qu'elle ne tînt à lui que par cette fragile attache, sa main dont le sommeil desserrait la prise. Elle le savait massé autour d'elle, creusé comme elle d'une courbe seulement plus vaste en laquelle elle se logeait, s'adossant à lui, membres repliés, dans la position retrouvée de l'enfant à naître. Il suffisait de cette main pour qu'elle soit enracinée dans son sommeil, enracinée dans la nuit, tout au fond. (Ce corps d'homme derrière elle comme l'amande même de la nuit.) Main qui parlait d'une tiédeur ancienne, de la tiédeur d'hivers très vieux, de nuits d'hiver sous la plume de hauts édredons; qui parlait d'un lieu clos impénétrable à l'hiver : l'enfance en retrait des périls, dans la sûreté des chambres. Il suffisait de cette main pour qu'elle soit enracinée, bien plus profond, à même le temps de sa nativité; pour qu'elle soit tenue – portée – par tout son parentage, lestée d'un legs immémorial, riche héritière des choses vues, des choses sues par les défunts et les vivants qu'elle continuait. A cette poche maternelle qu'il formait, qu'il refermait presque autour d'elle, elle prenait rêveusement sa nourriture, se gorgeant de lui. Elle se nourrissait de lui comme de son enfance même, d'où elle s'élevait d'un seul élancement jusqu'à ce jour. Elle naissait de lui comme elle avait fait la première fois – tant de fois – de la chaleur de sa mère...

Semblables étaient les mains maternelles longtemps habitées, dont elle n'avait su que les paumes affables, fondantes, entre lesquelles gardée elle avait pu se croire précieuse! Mains profondes, onctueuses dont le seul souvenir était un baume véritable – souvenir où se composaient les saveurs du beurre, du lait, le poli d'un savon, son parfum. Mains neutres, si dépourvues d'amertume, si dépourvues d'aspérités, qu'on aurait pu douter qu'elles portaient des ongles et des bagues, qu'on aurait pu les croire palmées aussi bien que celles des femmes-fées, filles ou sœurs de Mélusine. Que leur séjour était uni! C'était merveille d'y tourner, d'y prendre forme, lavée, peignée, vêtue, ornée. Quelles autres savaient ainsi désemmêler en belles boucles les cheveux noués par la nuit, faire du corps entier ce muscle fuselé, ce bel écheveau lisse? Mains incessantes et prodigues, s'effaçant dans le secours que dispensait la paume, se dépensant, se changeant toutes en caresses : si bien qu'elle ne se souvenait pas plus de leurs gestes que de sa croissance qu'elles avaient orientée; si bien qu'elle ne pouvait connaître leur apparence d'alors qu'en songeant aux mains (que l'on disait pareilles) de l'arrière-grand-mère qui les lui avait léguées ainsi que bijoux de famille comme pour signifier qu'elles seules, et non d'autres parures, étaient richesse authentique. Elle les avait vues, ces mains d'aïeule, déposées sur les genoux, croisées, comme d'une Joconde centenaire; renflées d'une graisse vaine que n'érodaient plus les soins domestiques ou puérils. Mains de régente dépossédée, mains abolies contemporaines d'enfances révolues; le plus souvent stagnantes, figées dans leur entretien mutuel, une sempiternelle oraison. (Telles deviendraient les mains délaissées de sa mère, dont elle avait forcé la clôture à l'âge où les filles deviennent sauvages, qu'elle avait disjointes, se trouvant ensuite exposée.) Mais demimortes elles figuraient dans leur courbe calme une très ancienne sagesse. Survivant hors des robes noires à l'enlisement, à l'ensevelissement du corps – ce corps d'abeille-reine près de périr d'étouffement dans ses boursouflures abdominales –, elles se tendaient encore vers les enfants, plus promptes même à les saisir que le regard, que d'invisibles ombres gênaient. Dernières vivantes depuis des années, elles prolongeaient un ultime adieu...

Ces mains maternelles quittées, perdues peut-être, se pouvait-il qu'elles lui soient rendues? Voici qu'elle s'éveillait à leur ombre habituelle, leur ombre sans peur...

Et c'était sous la main de son amant.

Il dormait encore. Mais, fidèle, sa main veillait sur cette hanche, à la lisière du couple, luminaire plus irréel que les veilleuses frêles, faites d'une écorce d'orange enroulée autour d'une coque de noix pleine de cire, qu'on avait mises à son chevet pour la distraire de son ennui pendant une maladie d'enfance. (Et la faveur faite à l'enfant malade devenait faveur quotidienne!)

Il dormait encore; mais ainsi que dort l'homme, le maître, soupçonneux, vigilant, jusque dans son sommeil. Elle jouait à l'éprouver, à causer son inquiétude; tirant à peine sur sa main, elle s'avançait au large de leur couche, fausse fugitive, pour le plaisir de le sentir s'animer, de le savoir vivant, le plaisir d'être rappelée. (C'était un jeu du passé : fermant les yeux, elle s'aventurait dans une rue, dans un chemin, se fiant à la main, qu'elle tenait serrée, d'une obligeante grande personne; elle y jouait aussi, plus périlleusement, avec sa sœur, l'une et l'autre alternativement aveugle et guide – le bonheur de celle qui se laissait remorquer lui venant du sacrifice simulé de la vue, de la charité qu'on lui accordait en compensation, des risques auxquels elle feignait de croire et qu'il lui plaisait d'imaginer considérables; en même temps qu'elle se délectait de la certitude de n'être pas en danger réel, éprouvant le confort de pouvoir faire confiance.) A présent, c'était lui qui la conduisait... Il la maintenait d'une empreinte appuyée; elle sentait poindre ses doigts jusqu'alors indistincts et du même velours que la paume. Parfois, soit qu'il ait seulement feint de dormir pour mieux la surprendre, soit que dans son sommeil il ait confusément perçu l'infime modification du souffle de la dormeuse et se soit alarmé de l'effort qu'elle faisait pour se dégager, il avait vers elle un vif élan où se mêlaient, se succédaient – elle le sentait bien – le désespoir d'avoir failli être plus seul et l'émerveillement de se ressaisir de son amour. Qu'elle aimait cette protestation, cette proclamation! D'un seul et sûr mouvement, son bras libre glissant au creux de la taille, il l'avait bientôt rejointe, rapprochée, serrée contre lui. Sa main s'ouvrait, avide, couvrait un sein – comme on se jette membres étendus sur ce que l'on a craint de perdre. Sans doute était-ce là le geste d'un homme possessif; mais parce qu'il dormait, parce qu'il était nu, elle avait la sensation de porter, de tirer après elle vers le jour un enfant qui, ayant pris peur dans ses rêves, se serait raccroché à elle. Il la meurtrissait un peu : qu'elle était heureuse! Ainsi fière et lasse, une jeune mère sourit-elle à celui qui pèse à son sein. Mon tout-petit, ma fleur de sang...

N'avait-elle donc jailli des mains tutélaires qui avaient régi son enfance que pour l'obéissance à celles-ci?

Pourtant elle se souvenait d'un désir de départs...

Adolescente dont les formes accrues se muaient en présomption, magnifiquement vaine de son inexpérience, elle avait voulu se quitter. Rompre avec ce bonheur à satiété, n'être plus cette fille gavée de sucre et de tendresse jusqu'à l'écœurement! Rompre avec cette sagesse de toujours, cette perpétuelle vertu d'acquiescement, et tant de docilité à toutes les exhortations! (Ah, n'être plus l'aînée que l'on donne en exemple, n'être plus la première en classe! Surtout ne plus le vouloir!) Elle était lasse de ces liens. Tout ici, en elle comme alentour, l'engluait; tout la prenait, tout l'enfermait – les chambres bleues, profondes, la famille fréquente, les bras de femmes douces, les éloges et les récompenses, le honteux désir qu'elle avait encore de les mériter, et cet avenir même auquel elle inclinait – son avenir cerclé de l'or d'une alliance, le beau piège brillant... Mais quand le jour s'édulcorait dans la prison suave des dimanches, quand vivre devenait trop doux, elle faisait de grands serments secrets d'intransigeance. Noble, son insolence la dressait, forte de projets informulés au seuil de routes droites. Là-bas fumait sa grande âme future. Son sang lui faisait un triomphe...

Et voici qu'elle n'aimait rien tant aujourd'hui que se tenir sage sous cette main. Ce départ glorieux de chaque matin, n'était-ce donc que pour en venir là, à ce renoncement, et pouvait-elle y consentir ainsi de son gré, s'y complaire, savourer sa reddition? Mais il était, à l'évidence, le terme du voyage, du long voyage immobile de vingt années, et sage sous cette main, elle ne l'était devenue que par extrême folie, ayant tout oublié des enseignements reçus, tout ignoré des convenances, le monde ancien quitté. A chaque fois qu'il la ramenait vers lui, elle croyait parvenir enfin près de cet inconnu qui semblait détenir son enfance. Plaisir d'aventurière, ou bien d'enfant prodigue retournant au premier foyer? Le repentir ni l'obéissance ne l'animaient, mais seulement la préférence : c'était dans sa liberté qu'elle lui avait accordé privilège de la soumettre, le fondant par sa confiance. Elle avait désiré le gouvernement de cette main suzeraine.

Au commencement, il y avait eu des mains pour l'envelopper, et d'autres pour l'élever droite; des mains pour l'indulgence, et d'autres pour l'honneur; les unes cajoleuses, les autres strictes, omniprésentes, au couvert desquelles il fallait vivre docile.

Au commencement – elle s'en souvenait – elle avait vécu retranchée des risques extérieurs, doublement ceinte : vers le dehors, de mains rigides défensives; vers le dedans – Enfant aux fourrures! –

de paumes chaleureuses. Elle s'étonnait à présent qu'une seule main d'homme pût réunir tant de vertus – prenant soin d'elle, lui tenant chaud, lui faisant soleil, comme aussi bien la dirigeant, fermement impondérable. La menace s'y muait en promesse dans une équivoque harmonieuse – quand, par exemple, rude et persuasif il l'empoignait au défaut du corps, la décontenançant pour mieux l'immobiliser. Tutoiement du Prince démagogue! Une rougeur la gagnait : quel sang servile lui inspirait cette euphorie de gens de rien quand le seigneur les honore de sa familiarité soudaine? Il pouvait aussi bien la battre – le feindre! Car ce n'était qu'une joute-pour-rire ensemble, où il l'emportait, où elle aimait qu'il soit à la fin le plus fort (mais gracieux vainqueur changeant soudain sa force en clémence). Elle ne résistait, d'abord, que parce que tel devait être le jeu (Jeu de mains jeu défendu jeu délectable – Dieu sait comment il finirait), puis se soumettait. Telle une bête subjuguée renonçant à sa sauvagerie lorsqu'elle trouve un maître digne d'elle, et qui désormais vit dans l'idolâtrie de la main qui l'a domptée.

Elle s'était laissé charmer. Peut-être seulement parce que lui-même, pour elle seule, désarmait. Ils s'étaient l'un l'autre apprivoisés.

Qui pouvait dire comment cela s'était fait?

Ce jour-là il lui avait seulement caressé la joue.

C'était un geste insolite opérant autour d'eux la métamorphose du paysage – des bois à la teinte ancienne dorée, éloignés du reste du monde, aussi dépendants et distincts de lui qu'un rêve peut l'être du corps endormi. C'était un geste d'autrefois qui les délivrait de vieillir – le temps autour d'eux reculait, recommençait. C'était un signe qu'il adressait en deçà d'elle, à la petite fille dont il recherchait l'amitié; un signe de connivence pour qu'elle se souvienne, pour qu'elle le reconnaisse enfin. C'était – le savait-il – le geste que l'on fait vers l'enfant pauvre, l'orpheline : pour qu'elle se croie seule et s'en remette à lui. Geste pour rompre ses attaches, en même temps que le pardon demandé pour ce ravissement; la bienvenue souhaitée à celle qui ne doit rien craindre; la prière pour qu'on agrée la tutelle proposée. Un même geste pour la démunir et la combler... Ainsi invoquée, était-elle venue à lui de très profond, sans réserve, dépouillant ses façons de fille de vingt ans, la prudence inculquée, la science de rien et les doutes sur tout. Et qu'avait-elle à faire d'être sage ou savante? Ne l'instruirait-il pas mieux que personne?

Rendue à l'enfance, elle avait eu pour lui répondre un geste de ce temps-là, signe de faim et de ferveur : retenant sa main dans les siennes comme elle eût fait d'une eau de source, elle avait bu à même sa paume, et depuis ce moment, la soif qu'elle avait de lui l'altérait.

Ils s'étaient donné la main pour marcher entre les arbres. (La main de la fille est évidemment plus petite que celle du garçon, pour mieux y tenir. Qu'on les mesure confrontées, doigts contre doigts... Se pouvait-il qu'elle eût pleuré d'humiliation, vers les dix ans, parce qu'elle n'avait pas cette robustesse? Qu'il lui plaisait maintenant d'être la plus fragile; qu'elle aimait le retranchement de ces grandes paumes lumineuses au-dedans, leur sourde réverbération pareille à celle des mains peintes par Georges de La Tour!... Quand il tenait son visage, elle était en leur creux comme une flamme précaire qu'il regardait comme s'il eût craint de la voir mourir, comme s'il ne se consolait pas de la savoir mortelle.)

– Un garçon, une fille marchaient entre les arbres, seulement attentifs à leurs silences singuliers, tandis que leurs mains entre eux se fêtaient, sans préambule s'étreignaient, se dépensaient en brusques assauts, tendres luttes, avec l'allégresse de jeunes bêtes.

Ils n'avaient cependant pas marché tout le jour. Car leurs jambes tremblaient sous eux, sous leurs cœurs devenus très lourds, sous leurs corps soumis à l'irritante pesanteur. Entravés de leurs cœurs, de leurs corps, les jambes bientôt mêlées, ils s'étaient soumis à l'orage de sang noir qui les précipitait confondus contre terre; et maintenant étendus, et faibles se débattant, ils se cherchaient. De leurs mains restées seules libres et qui tentaient de les délivrer de ce poids précis comme un dard. De leurs mains tâtonnantes comme quand le regard ne suffit plus – à cause de la nuit, à cause du soleil; de leurs mains éblouies elles aussi. – Où es-tu mon amour?... Et comment, si proches, auraient-ils pu se voir? Si vain le regard, qu'ils avaient fermé les yeux. Ils s'aveuglaient à leur double évidence. Incrédules, et comme s'ils avaient voulu se vérifier, ils tendaient leurs mains pour se toucher, avec ce désespoir que l'on a devant les choses trop belles dont on ne peut croire qu'elles vous sont destinées ou seulement qu'elles existent... En leurs mains à cette heure toute leur force allait et leur fièvre aussi pour s'envenimer, et cette fureur encore que l'on met à retenir ce qui s'écoule, cette fureur qui leur faisait se meurtrir parfois...

Qu'il était difficile de s'atteindre... Se reposant, ils avaient repris force et patience, accordés par un même sourire qui offrait et demandait le pardon pour tant de hâte : – Tu vois bien que je me rends, tu vois bien qu'il me plaît de me rendre, qu'il me plaît que tu me prennes dans tes mains, tu vois bien que je veux que tu m'y prennes encore, que tu me tiennes vive sous tes doigts...

De grandes mains scrupuleuses, de grandes mains indiscrètes la découvraient. Et tout son corps, sous cet appel, tout son corps nommé, honoré, se trouvait enfin justifié.

Justifiées ses propres mains! Qui désormais se savaient faites pour accueillir et réjouir ce corps d'homme qui leur était remis, ses mains ayant reçu charge lourde et précieuse d'où leur venaient honneur, gravité nouvelle, et cette ferveur que la maternité leur confère et qui rayonne des portraits de madones. Elle n'avait eu jusque-là que des mains inhabiles, des mains honteuses qu'elle aurait voulu dissimuler, des mains approximatives et méconnues qu'elle n'osait exercer. On avait dit – elle avait cru – qu'elle n'en saurait jamais rien faire. On déplorait la rudesse avec laquelle elle maniait les objets, et que malhabile à broder elle ne soit jamais venue à bout des travaux qu'on lui ordonnait... Elle savait à présent l'œuvre de prédilection à laquelle ses mains s'appliqueraient. Il n'était pas besoin d'apprentissages ni de réprimandes : elle inventait les caresses en une si sûre improvisation, que ce corps dont elle jouait pour la première fois lui semblait familier. – Quand t'avais-je déjà tenu dans mes bras? C'était cela sans doute l'inspiration, cette jubilation dissipant craintes et scrupules pour la réalisation d'actes irréversibles, au dessin nécessaire, qui s'imposent comme des réminiscences. De l'accomplissement qu'elle sentait se produire sous ses doigts, elle tirait une assurance neuve; ce corps lui était terre ferme où prendre appui, où renouveler ses forces...

Depuis ce jour, elle s'insérait exactement parmi les objets, ayant pour traiter avec eux des gestes attentifs, empreints de piété, de tendresse. Le souvenir du corps qu'elles avaient tenu donnait à ses mains leur juste poids, avec la grâce qu'il faut pour se mouvoir. Sur chaque objet touché, saisi, elle déposait une caresse dédiée à d'autres volumes, d'autres courbes référentiels : le monde ne se proposait-il pas à la ressemblance, partout visible, de cet homme qui en était le centre?

Depuis ce jour, elle regardait ses mains comme un miracle. Elle regardait vivre et vibrer ses mains. Données à la façon d'antennes, pour l'exploration de la nuit, de la lumière, de l'avenir. Sensitives! Données moins pour la précéder et la défendre, que pour l'unir, l'enraciner : racines mouvantes sur le ciel, se divisant pour mieux puiser dans l'espace, se ramifiant pour étendre sa respiration. Données pour ce geste de l'offrande : mains héliotropes, tournesols béants et soleils elles-mêmes... Et rivières par lesquelles s'épancher! Données pour être élevées – comme on pavoise!

Ses mains exclamatives, forme même de la célébration!

– Il y a des filles très belles dans la tour de leurs cheveux. Mais moi, j'ai des mains vivantes, des mains de vendange dont je m'enorgueillis, des mains du dimanche, luxueuses comme un feu en pure perte.

Elle regardait ses mains transformées par leurs neuves prérogatives, ses mains auxquelles était redonnée leur dignité native, inséparable des biens illimités acquis pendant l'enfance. Des mains proprement ressuscitées puisqu'elles n'étaient pas seulement les siennes, resurgies, mais encore celles des amoureuses parmi lesquelles elle prenait rang, pénétrant avec elles dans leur fable commune.

Il lui semblait que de ce jour seulement elle avait observé les mains des autres : et il est vrai qu'auparavant elle ne les avait jamais vues, ainsi qu'il en est de la plupart des choses ou des visages. Les gens avaient des mains couleur du jour, couleur d'eux-mêmes; on ne les en distinguait pas. Rien jusque-là ne l'avait conduite à les apercevoir, rien ne l'avait vraiment incitée à les aimer. Rien ni surtout les leçons de morale des premières classes louant les mains soignées, les mains laborieuses; ni plus tard les leçons de dessin, quand on lui demandait de représenter sa main gauche – ouverte, fermée. Comment auraient pu l'émouvoir ces mains partielles, réduites à leur fonction ou leur contour? Quant aux plus proches et constamment présentes, celles de son père et de sa mère, elles subissaient, du fait de leur prestige, une véritable sublimation. Il lui avait fallu connaître des mains charnelles, totales – celles d'un homme – pour les découvrir toutes dans leur vérité qui n'est pas seulement de servir, mais aussi d'être cet ouvrage délicat de chair bien architecturée, l'épanouissement du corps et comme son perpétuel divertissement.

Pas plus qu'autrefois elle ne se sentait encline à célébrer les mains ouvrières; pas même les plus pitoyables – celles aux poignantes crevasses, bleuies tenacement par les teintures, de sa grand-mère qui maniait les fils dans une usine de tissage. Et pas davantage les plus habiles, dont elle avait vu le chef-d'œuvre – une coiffure, une robe, une dentelle. Et non plus les mains qui soignent et qui sauvent. Ou plutôt, elle n'avait le goût d'en parler que dans la mesure où l'amour les délivrait, les inspirait, faisait de leurs actes quels qu'ils fussent une manière d'accomplissement. Ce n'était pas qu'elle méconnût la nécessité de tels travaux contraignants, ni qu'elle fût insensible à la grandeur pathétique que certaines mains peuvent retirer de leur abaissement même, de telle compromission acceptée; elle aimait le simple courage, l'absence de dégoûts des mains de tous les jours, des mains bonnes à tout faire; et leur humiliation, elle la ressentait mais ne la dirait pas – pudique à leur égard. Mais elle aurait voulu, comme une revanche, parler à la louange d'une main libre, d'une main amoureuse comme chacune aurait dû l'être. Elle aurait voulu célébrer les mains données comme un loisir pour l'art, le jeu, l'amour – l'amour comme un jeu, comme un art.

C'était, sous son regard, de toutes parts comme un printemps, une saison de Pâques où les mains poussaient innombrables, et dans son imagination les villes unanimes feuillissaient.

(Elle se souvenait d'une Résurrection selon Ramuz, ou peut-être de *Derborence,* nom magique pâle et doré comme une aube dans l'herbe, évoquant un pareil prodige de survie ou de renaissance.) Mais personne ne semblait surpris par cette recrudescence de vie, cette mobilité nouvelle de l'espace remué par un foisonnement végétal. Sauf peut-être les amoureux assis sur les bancs des squares, voyants extasiés portant sur leurs visages la lumière nouvelle, mouvant avec prudence leurs doigts miraculés. Était-elle avec eux la seule pour qui se donnait cette fête?

Mais ce n'était qu'une fête rêvée, que dansaient des mains d'ombre, une dentelle d'ombres; une fête virtuelle qu'elle imaginait à cause du désir qu'elle avait de les voir se lever plus libres et fraternelles dans l'opulence.

Ils avaient des mains pour mieux vivre, des mains pour s'entr'aimer, et ne le savaient pas. Ils s'en servaient sans y penser, sans plus les voir que leurs organes profonds, sans leur vouer une particulière gratitude. Elle regardait leurs mains de pauvres, leurs mains vides rêvant du ciel, leurs mains qui n'étaient pas encore, faute d'un corps à contenir; qu'ils ne voyaient pas faute du soleil d'un corps. Ou peut-être mains ruinées, ayant perdu leur lumière, tourmentées par le souvenir de fastes anciens...

Alors elle s'effrayait de ce délire silencieux, de cette faim tremblante qu'on leur voyait, craignant qu'elle ne se change en voracité : les hommes pouvaient la saisir, la déchirer de leurs mains précises et démesurées (comme celles qu'on donnait aux robots dans les illustrés enfantins).

A mieux y regarder cependant, elles menaçaient moins qu'elles ne suppliaient; tellement seules et si nues! Presque indécentes parfois de misère dépenaillée, montrant leurs forces en lambeaux...

Ils avaient beau se taire, leurs mains qu'ils oubliaient de cacher, tout entières visibles, évidentes, révélaient comme des fautes leurs chagrins, leurs envies, leurs carences. Leurs mains avouaient, leurs mains témoignaient. Ils avaient beau se taire : les doux, les forts, les cruels, les tendres, elle les reconnaissait.

Plus que celles des femmes, les mains des hommes l'attiraient. Non qu'elle y vît une figure de tentation, l'espace ouvert à de nouvelles aventures : n'était-elle pas déjà aussi loin qu'on puisse aller, aussi près que possible d'un autre et de soi confondus? Elle se réjouissait seulement, complice des heureux, lorsqu'elle rencontrait des mains qui semblaient allier les vertus requises de puissance, de douceur et de limpidité, y découvrant le lieu favorable où s'épanouirait une autre fille. Mais peut-être en même temps, naïve sournoise, recherchait-elle l'occasion de glorifier celles qu'elle préférait.

Impossible ou déloyale comparaison : ne savait-elle de lui comme des autres que l'apparence? Mais cette apparence la connaissait-elle seulement?

Venait-elle vers lui autrement qu'en aveugle? Elle qui, les yeux fermés, l'aurait reconnu, n'aurait pu dessiner de mémoire ses mains, n'aurait trouvé pour les décrire que les mots les plus vagues : tes grandes mains, tes mains profondes... Une angoisse la prenait de ne pouvoir retrouver leur image. Les avait-elle seulement vues?

Elle s'était éveillée sous la main de son amant, elle se retournait, ouvrait les yeux : et la main qu'elle avait voulu revoir – la main qu'elle n'avait jamais vue! reposait maintenant sur son ventre. Elle la regardait enfin.

Nonpareille!

Avec son dos massif, la largeur de son aire d'appui, les prolongements investigateurs de son corps, la projection curieuse et prudente des doigts déliés mais retenus, la rigidité des phalanges bien articulées, accentuées de poils virils, la puissance contenue du pouce , son retrait, masse de réserve, les ongles mâles – immobile, elle fascinait. Quelle sorte inconnue d'animal était-ce là? On attendait, on redoutait qu'elle s'anime, se soulève, progresse...

Si quelqu'une lui ressemblait, c'était celle de son père, dont la forme précise surgissait avec le rappel des divertissements par lui inventés quand il faisait de sa main – jouet simple, merveilleux, inquiétant – un grossier quadrupède à trompe chercheuse, frère en barbarie du dinosaure de la Petite Encyclopédie Larousse, dont les évolutions sur la table alarmaient et faisaient rire les enfants.

Mais la main de son amant savait bien d'autres jeux!

Elle la regardait encore.

Pourtant son angoisse ne finissait pas. Plus exactement s'y substituaient, la prolongeant, une perplexité, une incrédulité douloureuses. D'où venus ce dépaysement, cette suspicion sans objet apparent, ou plutôt sans autre objet que cette main dont on ne comprenait pas comment elle pouvait l'engendrer? Sans autre objet que cette main dont l'innocence excessive semblait couvrir un scandale; cette main lourdement présente, persistante, comme douée d'ironie, qui devenait gênante intolérablement... L'élucidant en même temps qu'elle se résignait à n'en pas guérir, elle reconnaissait l'étonnement, si fréquemment ressenti, de voir son amour s'incarner en un corps à la fois unique et semblable aux autres. Donc, cette main n'était qu'une main d'homme... Quelconque, sans signes distincts. L'embarras naissait de l'impossibilité où elle était de concilier la forme singulière de cette chose, et la connaissance qu'elle en avait par son corps : un limbe amical étendu à tout l'espace environnant, et le réseau de capillaires ou de nervures irriguant ce tissu, avec la sève, le sang, tout ce par quoi l'air vivait autour d'elle... Il lui semblait que son regard avait fait précipiter en une masse réduite un brouillard lactescent, qui la baignait; mais bien plutôt ce brouillard et son précipité continuaient d'exister distinctement, et l'un et l'autre étaient la même main.

Au vrai, les mains de son amant n'étaient pas seulement des mains ordinaires ayant forme de mains comme celles de tous les hommes : bien davantage un enveloppement au plus près, une chair seconde heureuse, le climat même de leur amour, par elles le beau temps se perpétuant autour d'eux.

Elle se les représentait non sous leur forme figée, mais comme la somme alluviale des gestes échangés, la source des gestes futurs. De là, qu'elle les considérait comme une assistance, celle de témoins constants dépositaires de leur passé amoureux, responsables de leur entente, personnes fugaces et sûres, telles que sont les anges gardiens. (Pourquoi les mains plus que la bouche ou les yeux? Peut-être à cause de la distance que le bras introduit entre elles et le corps, les proposant en un reflet permanent, un double accompagnateur – indépendant mais fidèle.)

Pouvait-elle les évoquer sans se trouver presque aussitôt entraînée à penser au corps, au cœur qui leur donnaient force et intention, non moins qu'à son corps et son cœur qu'elles exaltaient? Sans se trouver insidieusement amenée à se souvenir de tout ce qui les avait unis, et continuait de les unir? A l'inverse pouvait-elle se remémorer leur histoire sans que lui revienne la saveur des caresses qui l'avaient nourrie?

Il n'avait pas deux mains comme les autres hommes mais une profusion, au-dedans desquelles elle vivait; riche demeure immatérielle, inaliénable, l'enfermant en elle-même, dans le recueillement. Mais c'était là transparente solitude, haute fenêtre courbe donnant sur tous versants du monde. Il n'avait pas deux mains, mais une multitude ou peut-être une seule sans fin se métamorphosant, dans laquelle elle brûlait comme au centre d'un flamboyant *Magnificat*... Et des paroles de louange naissaient en elle avec de claires larmes dévotieuses.

Je dis : – Ta main, tes mains. Qui peut savoir celles-ci dont je parle? C'est une histoire vraie pourtant que je raconte, un mystère plus limpide que l'enfance, plus étonnant que les voyages d'un bateau ivre qui divague. C'est une histoire que je raconte pour la comprendre, pour y croire; une histoire présente que je veux dire afin de m'en souvenir. Je veux dire tes mains comme je les aime. Et je sais que je devrai parler de toi et non de tes mains seules ainsi que mains coupées. Je sais que tes mains s'ouvrent sur toi, se referment sur nous et qu'elles ne sont pas divisibles des richesses qu'elles amassent ou de celles qu'elles prodiguent. Je sais que je les vénère pour leur intercession, pour leur enseignement – parce qu'elles illustrent ta tendresse ou ton désir; parce qu'elles m'introduisent dans un univers luxuriant; parce qu'en elles je me connais et que mes mains deviennent leurs égales. Que c'est donc cet univers, ton amour, celle en qui tu me changes ou seulement toi que j'aime, dont je parlerai. Et que c'est donc ton éloge que je commence ou celui de l'amour tel que tu me l'apprends. Mais qu'est-ce que cela fait puisque nos mains nous ressemblent?

Je veux dire ceci :
Un jour une main s'est tendue pour que la mienne y prenne vie.
Pour que la mienne y prenne feu.
Un jour une main m'a prise et désormais je n'ai eu lieu qu'en elle. C'est ta main, et quand je la tiens, je crois te tenir tout entier. J'en parle comme de toi.

Je veux dire ta main sous laquelle je m'éveille au désir, au plaisir. Ta main si lente à me séduire. Si sagement, si savoureusement lente. Je veux dire ces prémices plus émouvantes que celles du jour ou de l'avril : quand chancellent les verticales; quand toute flamme se couche, s'allonge, comme celle bleue de nos veines. Quand j'attends que tu me touches comme folle que sonne l'heure.

Et que le temps si long – trop bref – se dérobe avec nos souffles et nos forces. Le temps si long de franchir ce rien entre nous, d'établir entre nous l'arche de ton bras. Le temps si long, que je t'accueille défaillant plus que l'herbe-qui-tremble-en-juin. Graminée sous le vent trop lourd.

Ayant d'abord ce frissonnement quand tu saisis ma taille – mais ce n'est que l'effarement du corps décontenancé (telle la Méditerranée dardée dans sa fine écaille sous le mistral qui la retrousse).

Ayant d'abord ce frissonnement, de froid, de peur ou de bonheur prochain – car frileuse, pusillanime, je veux que tu me réchauffes, je veux que tu me rassures, je veux que persévérant tu me poursuives et me forces d'être heureuse.

Que ta main est habile à m'aborder! Solliciteuse, confidentielle, avec sa langue de brise, parlant comme feuilles froissées, parlant à ma peau de la nuance des crépuscules, de la clémence des saisons, de la fluidité des sources, de pas sur les mousses nocturnes, de noces noires, de mousseline... Que ta main est habile! A temporiser, à dissimuler ses desseins offensifs. Curieuse qui feint l'innocence, qui feint l'ignorance, qui réserve sa science pour mieux s'enquérir; qui feint d'être aveugle pour déchiffrer plus attentivement les signes de ma chair. Fausse ingénue, mon ingénieuse complice... Ta main subtile te déguise en cygne-dieu.

Tu me caresses.

Et je deviens terre inconnue à moi-même dont tu découvres minutieusement le relief; terre étrangère à la physionomie insoupçonnée, courbes dont nul n'a su les détours que j'apprends avec toi. Nuque, épaule, sein, taille, hanche, cuisse, tu me déroules, tu déroules ce paysage sinueux, cette harmonie de versants, de collines, de bassins, de sillons – et ces plages offertes à ma paresse comme un loisir indéfini, épaule, sein, cuisse... Tu déploies mon corps en un lumineux labyrinthe, tu ouvres en lui de moelleuses perspectives dont je perçois, comme à distance, l'insolite. Face ignorée, tu me dévoiles.

Ou peut-être m'inventes-tu?

Si transparente à l'envers de la paume, j'ai

l'air de n'exister qu'à demi... Je suis un vœu que tu prononces, que formulent tes doigts... Une œuvre encore indécise dont tu mûris le dessein, hésitant au commencement dans le choix des inflexions.

Future sous ta main, mon bonheur est de devoir naître. J'attends que tu décides de ce que je dois être. J'attends que tu me donnes forme entre toutes les formes créées, forme de femme unique entre toutes les femmes.

Qu'il est long d'apparaître, mais que j'aime la longueur des apprêts : cette promesse d'événement, le silence préliminaire, le tissu du silence que font les cigales proches de nos tempes...

> (Ce glissement de régates vives sur une Méditerranée compacte.
> Moi pareille à ce semblant de mer, grande flaque somnolente par temps d'or,
> bruissant à peine sur ses marges d'une vie faible à ses ouïes,
> Pareille au sommeil du fond de la mer que rayent de longs poissons soyeux effrangés, nocturne enluminée
> A l'ombre de palme de ta main – de ta main végétale conjurant, exaltant la chaleur qu'il fait chez moi, en cette mer fossilisée que jonche un souvenir de fougères.)

Que j'aime la longueur des apprêts comme promesse de beauté!

Louée pour la première fois mon bonheur est d'être crédule.

– Petite fille que mordait sans l'avouer jamais le tourment de n'être pas digne d'un regard favorable, petite fille honteuse en secret sous son rire, comment aurais-je su que je deviendrais belle, aussi belle que l'assurent tes doigts élogieux? Et peut-être n'en croirais-je pas ta bouche si bien faite aux compliments, mais comment douter que les courbes que tu soulignes sont pures? J'avais si soif que l'on me définisse, que l'on me donne ma forme nécessaire, bien close comme une lèvre dans son contour mélodieux. Il a suffi de tes caresses pour faire cet achèvement, pour que me plaise ce corps réjoui comme une joue d'enfant sous les doigts qui la flattent. J'ai pris la forme de tes mains; je ris glorieuse sous leur parure, aucune ne me siéra mieux.

Mon bonheur est d'être vouée encore à d'autres métamorphoses – car je commence à peine, car je n'étais rien jusqu'ici... Mais quelle angoisse préalable m'impose ta main immobilisée sur mon ventre, m'épiant, puis doucement mouvante, attractive, sous laquelle vire le sang? A quelle magie solaire me soumets-tu? Caresses corrosives, longs pinceaux de lumière m'agaçant, ronces de lumière qui m'éraflent, lumière magnétique consumant le sang sous la peau – le sang flairant la trace du soleil, le sang plus fou qu'un jeune chien, qui ne s'égare que pour revenir plus vif au gîte noir.

Mon cœur monte à mon ventre comme un soleil levant.

Sous tes mains de sourcier, venue de mes ténèbres, j'éclos.

Non pas fille-fleur dans sa parure vaine de corolles, mais fille-fruit se savourant. Femme! dans son parfum de femme et la succulence de sa chair éclatée promise à la consommation.

Femme par le double jaillissement de mes seins que séduit et fait lever ta paume y posant un baiser plus vaste qu'aucun de ta bouche, plus impérieux que la faim d'un enfant et sous lequel, au lieu de lait, le sang vient à fleur, me presse et germe.

Femme dans la richesse de ses seins sapides où fleurit le sel.

(Avais-je seulement des seins avant que tes mains me l'apprennent? J'y fus longtemps plus terne qu'une eau douce, plus froide qu'un regard mort. Je m'irritais un peu de ce corps réticent, et tu feignais de me gronder et nous finissions avec des rires alliés, comme on dédaigne celui qui demeure hors du jeu après qu'on l'y a invité. Pourtant, comme si tu n'avais pas douté de tes pouvoirs, tu ne cessais de refaire sur moi la même invocation appuyée, et peu à peu j'ai cessé de rire sous ta main tant m'occupait, tant me ravissait cet éveil comme d'une étoile double s'allumant.)

Double lumière bue par mon ventre où s'aggrave le feu...

Un embrasement progresse par grands pans de corps croulant.

Illuminée je suis plus nue.

A ta merci.

C'est malice de ta main que de feindre d'ignorer où je me cache, où je t'attends; malice que de parvenir aux bords où je me révèle, cuisses abruptes, penchant de l'aine, puis de s'en éloigner à mon regret. C'est malice pour me débusquer, pour que j'ouvre mes jambes dans un bâillement de coquillage assoiffé, visible jusqu'au fond, pour que je m'ouvre et me répande.

Ainsi tes gestes me disposent selon une géographie nouvelle, faisant de moi ce corps rayonnant qui s'étire autour de son centre, les membres et la tête échoués, branches d'une étoile mourante que la mer – ou bien ta main – alternativement délaisse et ravive. Avec cette bouche osseuse, ce bec aigu à la croisée, s'ouvrant avide au flux.

De toutes parts depuis mes membres lointains, sans te lasser tu me ramènes vers ma faim. A pleines paumes, comme sable que l'on amasse, comme colline croulante de sable, pentes érodées menant vers le haut cratère.

Mains drainant tous mes secrets, mes souvenirs, et ces fétus que sont mes bras, mes jambes, mes paroles brisées, comme on fait de bois épars un bûcher de Saint-Jean, tu fomentes un feu de joie.

Que j'aime la longueur des apprêts... Et pourquoi se hâterait-on de finir? Il n'est pas encore temps, et j'ai à faire. Ma gratitude se veut répandre et je n'ai que mes mains pour la dire. – Les mots, nos paroles, nos rires trop hauts ou trop brefs n'ont pas ce juste poids, cette délicatesse... Je te ferai du bien. Je te ferai semblable à moi, vivante au sang fleurissant noir, multiple dans les cercles de son sang comme une rose souveraine, une rose effusive dans le ressassement de son sang... J'ai moi aussi des paumes et des doigts pour ton loisir, pour ton plaisir, des mains enthousiastes ou cérémonieuses selon ce qu'il te plaira, des mains comme une fête en ton honneur.

Elles sont nées à ta rencontre.

Au premier jour comment oser, comment savoir te dévêtir?

Pourtant je voulais te saisir nu dans mes mains nues. Tu as ri quand je me suis étonnée de la douceur de ta peau! Je n'en croyais pas mes paumes... Avais-je jusqu'alors pensé que le corps d'un homme devait être semblable aux vieilles écorces?

Maintenant, j'ai des mains familières qui te connaissent comme si tu étais mon fils nouveau-né. Non que j'aie jamais rêvé d'un enfant à tenir, à soigner; on me disait garçonne, et maladroite – et je l'étais par impatience réprimée, de cette maladresse que donnent les élans combattus de scrupules. Non que, petite, j'aie jamais aimé les poupées que l'on me donnait. (C'était aux arbres qu'allait ma préférence, aux arbres qui te ressemblent, dont mes deux bras faisaient le tour, aux cailloux que la rivière roulait ronds, aux fruits sauvages logés dans ma poche où je les polissais, aux fleurs que ma tendresse trop brutale faisait noircir.) Mais j'accomplis après toi, comme toi, les gestes qui lavent, lissent, déposent et bercent, des gestes avenants, des gestes élogieux, et d'autres, que je sais sans les avoir appris, qui t'émeuvent à l'approche du sexe – belle proie qui se livre elle-même. Je fais des gestes simples qui défroissent, définissent. Tu jaillis dans ma main comme un cri; tu jaillis dans l'anneau de mes doigts vers mon regard que bouleverse cette parade. L'enfant au rouge-gorge n'a pas plus de fierté, n'a pas plus de bonheur, n'est pas plus riche que moi quand ta vie réconfortée bat dans ma main. Que j'aime ce bien-être animal qui te gonfle, cette croissance que je nourris et qui me comble... Je te gouverne, je vois changer ton visage où battent les paupières descellées, où s'épuise ton sourire, et je m'étonne de mes pouvoirs.

Comment croire, comment comprendre que mes mains te soient précieuses, nécessaires? Je les regarde souvent quand je suis seule, mais à les voir on ne devine rien de leur empire; je les trouve très ordinaires... Tu dis que tu les aimes parce que ce sont des mains d'enfant. C'est que je ne les pare pas – je n'ai jamais voulu de bagues, elles me gêneraient pour te toucher... C'est que je ne les arme pas comme font certaines : les femmes aux mains aiguës ne sont pas amoureuses; il me suffit de regarder les mains des filles pour désigner les plus vaines.

Je n'ai souci que d'être la plus douce, la plus doucement généreuse... Je m'y efforce appliquée, avec cette gravité de toujours, de bonne écolière studieuse, retenant son haleine comme pour un ouvrage difficile et précis – premières lettres que l'on forme, coloriage ou broderie. Tendue, tout entière mobilisée, tout à la disposition de mes mains; mais contenant, mais contraignant mes forces, les distribuant avec une égale prodigalité, je modère mes dons pour ne pas t'accabler. Je te revêts d'or comme jamais vivant ne le fut; je te revêts de l'or inépuisable de mes mains – lingots fondants, or laminé en minces feuilles sous la paume, or ductile qu'affinent les doigts...

– Comme une dentelle, dis-tu en remerciement, comme une dentelle.

Cependant que ta main glissant enfin au lit ouvert de mes jambes vient à leur commissure où je prends source. La lumière t'accompagne. Ta paume déposée est comme un miroir avec le jour entier pour champ; le jour rassemblé en un seul faisceau, comme un soleil convergent auquel je m'évapore.

Ce sont des parfums de bienvenue que j'exhale, signe d'assentiment du corps profond, fumet de chair allégrement sacrifiée. Je les connais par tes doigts qui me les rapportent de loin, de ce voyage au bout de moi, de ces rives de la nuit où la mer découvre des floraisons de narcisses. Je les connais au bout de tes doigts qui les recueillent puis me les rendent, me rendant ainsi à moi-même, coordonnée, cohérente. Au bout de tes doigts qui me fondent dans une fugace unité, en même temps qu'ils m'allègent, me diffusent comme fait le vent, d'un arbre chargé de pollen. Je me connais au bout de tes doigts où mon parfum persiste – comme les senteurs que j'y ai respirées des feuilles de menthe sauvage et du fenouil froissés, des fleurs de lavande ou des immortelles au goût de vacances finissantes... Je me connais suc extrait de mon corps, révélée.

Je m'évapore – poreuse. Corps de sable. Ou bien d'argile bornant l'effusion des bulles, d'argile sous laquelle s'accroît la fraîcheur du désir. (Alcarazas! Vase où l'ombre confit le vin.) C'est l'été dans les provinces d'Espagne; c'est l'été, son immobile effervescence...

L'été noir dans ta main comme le cœur d'un coquelicot défroissé.

Bouche bée dans ta main, si près de joindre le puits autour duquel je m'organise... Ah, qu'on me boive tout à l'heure jusqu'au tarissement de ces nappes que je recèle! Que l'on m'écarte creuse, que l'on m'aspire, me désemplisse et me rende lège! Que je sois ouverte et bue, pour que me désaltère la vue de ton étanchement, ou pour n'être plus tout à l'heure – écorchée, écharnée, asséchée par l'insolation – qu'une bienheureuse dépouille, qu'une peau développée qui se parchemine, qu'une peau de reptile au midi, ou sa tunique vide, toute pensée consommée par la clarté! Pour que je ne sois plus de ce côté-ci de moi, pour que toute ma substance passe en toi, pour que s'envenime et s'épuise cette passion!

Museau de jour me flairant,
Mufle pensif au bord de l'insondable,

non pas circonspect mais patient, ne différant l'apaisement que pour mieux connaître le prix de l'eau bue,
ta paume repense ta soif et l'endure exquise.

J'entends ces mots :
– « Moi si j'avais du temps à dépenser, je marcherais tout doucement vers une fontaine. »

Veux-tu que nous allions l'un à l'autre par le plus long chemin? Non pas cette distance abrupte, si près de s'annuler, qui sépare nos corps; l'abîme inverse au-dessus duquel nous avons fermé les yeux; cette pente immédiate à laquelle nous brûlons, à laquelle nous refusons de céder, comme si nous pressentions qu'un tel assouvissement nous meurtrirait. Non pas ce raccourci mortel à notre commun phantasme qu'il vise et traverse implacablement. Mais ce parcours, le plus lent, le plus divers, que lui substituent nos mains, la route buissonnière que délirantes elles décrivent et que leur fantaisie détourne, allonge, orne de séductions et d'embûches... Nos mains suscitent des fleurs qui nous font signe : celles dont il faut tant pour avoir un bouquet, véroniques ou pensées sauvages, éclosion de nos yeux multipliés; une touffe de giroflées qui s'arrache d'entre une ruine, couleur de bel automne, couleur de beau temps qui se rouille, couleur de rouille sous ta langue; et les fleurs, que le blé qu'on n'ose fouler garde d'être cueillies. Nos mains allèguent des vergers riverains, des jardins secrets sous bois, un buisson de prunelles bleu-noir givrées, des girolles oranges ou chanterelles. Nos mains poursuivent un irréel écureuil qui nous balance à sa suite, un lièvre rose bref dans la bruyère, un poisson décevant qui fuit. Nos mains écoutent une source née de cette nuit, miment la confusion des ruisseaux dans l'herbe, conjurent une guêpe qui hésite...

Nos mains sont hirondelles volant bas devant l'orage, leurs cris d'avertissement. Cette griffure au cœur quand, relevant la tête, on voit que le ciel se plombe! Quand regardant autour de soi, on ne reconnaît plus ce fond de forêt où l'on se trouve seul. Alors, cette course droit devant soi! Alors, ce corps où l'on se heurte, où l'on s'entrave, qu'il faut franchir : ce corps qu'on repousse, qu'on lacère, qu'on écrase! Alors, ce corps de mon amour que je rencontre et que je reconnais dans le noir – Arbre, mon arbre trop lisse, difficile à gravir, mon arbre que j'embrasse, où je me hisse, dont je happe les branches fermes, aux aisselles duquel je me noue.

– Que mes mains me font mal... Mais je te tiens, je te touche, je suis sûre de toi.

Et je te lâche pour nous remettre au commencement.

Au commencement du silence, de l'élaboration du silence que tissent contre nos tempes les cigales rassérénées. Quand je ressemble à la trêve, à la somnolence de la mer. Avec ce crissement de voiles vives sur un bleu compact. Avec ces bigarrures de poissons lumineux sur fond noir. Quand je suis comme un azur fossilisé que jonche le caprice de tes mains fougères.

L'azur, la mer : je suis bien sous l'expansion de ta caresse – sous l'expansion de ma peau –, pareille à cela qu'évoque un nom très bref, d'une densité rare, par quoi semble mesurée une chose immense et nette, moins simple qu'harmonieusement complexe sous une apparence d'impassibilité. L'azur, la mer : tous les noms me vont bien qui résument ce qui est Un, puisque tes mains me réunissent faisant de moi cette inaltérable, irréductible ronde molécule de joie. Comment le dire? Il y faudrait les mots sans poids dont on compose les cantiques et les mots bruts, gros de pulpe et d'adhérences, qu'expulse la chair violentée par l'orgasme. Des mots que dit l'être entier... Ou peut-être suffit-il que je parle à voix haute, à voix de gorge émue, pour que mon corps, mon cœur, mon âme, tout ensemble s'expriment? Mon corps, mon cœur, mon âme... Ainsi avoue-t-on, sans y prendre garde, la dislocation dont on souffre alors même qu'on la croit illusoire. Mais je cesse de me sentir cause et lieu de litige; je cesse d'occuper un espace parcellaire, un temps cloisonné, car du rougeoiement du sexe à l'aurore du front tes doigts me propagent. Le feu fait un même sort à tout ce qu'il gagne, mes pensées échevelées avec mon sang; le feu me fait un sort unique. Hors de mes enclaves, je me mêle et m'envahis, je deviens ce creuset comme une seule orbite étincelante où je fusionne; mon regard fondu m'inonde. Lascive, ardente, lucide, m'alliant à moi-même, je suis à l'unisson.

Que j'aime que le temps passe ainsi, que le temps dure, et sentir au sablier que font nos mains son écoulement! Est-ce toi ou bien le temps, son corps tangible, que je tiens à la merci de mes paumes et que j'immobilise s'il me plaît? Que j'aime nos mains ordonnatrices qui diffèrent le plaisir qu'elles vantent (car je n'ai pas assez rêvé de toi, car je ne t'ai pas assez regardé; car je demande d'abord à te connaître – comme si je ne savais par avance quel tu es... et justement tel que je le souhaite). Que j'aime nos mains pour leur entremise : elles fondent notre amitié, sans quoi peut-être me ferait peur ce visage d'étranger que te donne le désir. Que j'aime devoir entendre tout au long l'épithalame qu'elles récitent, avant d'être laissée seule avec toi.

Avant d'être laissée seule avec ta main qui toujours te précède.

Et qu'elle vienne. Il faut que tu viennes. Je le crains. Je le veux. Si tu voulais, tu saurais bien où me rejoindre, et c'est malice...

Moi

Je n'en peux plus de t'attendre. Moi, le temps mûrit mon ventre comme un abcès.
Le temps mûrit des lèvres à mon ventre.
Purulente   Bouche fendue par l'aveu
Infaillible un doigt me dénonce.
(Je le connais : c'est le même toujours que tu me délègues quand, finis les propos évasifs, tu te déclares,

quand ta main se dépouille d'apparat, se rassemble rigoureuse. Le même toujours, péremptoire, qui m'intime silence, qui m'intime de l'écouter, ce faiseur de laconismes, cette insolence opiniâtre. Tu y aiguises tes charges et tes ruses, tu t'y effiles et te nuances pour des actes calculés.)

Ton intention précise s'inscrit sur mon profil. Une seule phrase si simple et toujours obscure : susurrement et fulguration ressassés. La hargne d'une seule corde extrêmement tendue sous l'archet forcené.

Je deviens ce violon mendiant qui m'implore.

J'ai mis ma tête contre toi. Je ferme obstinément les yeux. J'ai peur comme une ville qu'on va prendre. Peur de moi-même comme une ville qui se rend. J'écoute comment tu traites sur mon seuil aux portes maîtresses. J'écoute comment tu me soudoies, et comment il me plaît, puisqu'il s'agit de toi, d'être lâche. Je t'écoute mon bien-disant, mon charlatan... Tu déploies et replies d'un même geste la nuit royale.

Les doigts inextricables resserrent leur jalousie. La chair intense y a l'éclat d'un ciel andalou captif des ferronneries.

Ce n'est pas assez que ta main me contienne, je veux qu'elle se mêle à moi, je veux qu'elle me poursuive jusqu'où je ne saurais m'atteindre, où tu dis que je suis plus douce que, sous la langue, l'envers d'une joue. Ployante je t'attire, je t'obsède d'une supplique de paumes volubilement ouvertes, offertes, servantes.

Je veux, j'attends que tendre braconnière ta main me prenne dans mon renfoncement fourré.

Ah, je louerai ta main, qui première m'ouvrit un corps insoupçonné! Ma nuit s'ajourait. J'entrais en moi. Et c'était un mystère de voûtes, de galeries, de chambres, de trésors. Soutes suintant de liqueurs. Ventre aux lourds gisements... Riche dorénavant de moi-même, je te faisais don de cet Orient, province neuve fabuleuse.

Je louerai ta main prudente et décisive, conjuguant la patience et l'obstination, ensemble sachant exiger et convaincre. Je louerai son adresse à me défaire, sa persévérance à frayer à l'orée du sang.

Mauve, oblongue, digitale autour de ton doigt;
ou bien comme une fleur marine fronçant ses pétales préhensiles;
fleur sournoise que tu excites à la morsure;
j'aime cette irruption. Et davantage m'offrir fleur double.

Je me perds alors dans mon corps que partage un miroir,
Je me colore du rose dense de sa lame,
Je m'y contemple, je m'égare parallèlement,
Et mon plaisir devient massif.

Un oiseau s'irrite au bord de l'espace, faucon griffant le ciel – faucon de belle envergure que mesurent mes jambes déployées et dont l'essor m'écartèle. C'est toi que je guette à la limite de mon vertige.

Bientôt, nous nous abîmerons.

Ayant longtemps combattu notre penchant à nous perdre, ou bien l'ayant nourri, nos mains cesseront de nous retenir. Nos mains tout indulgence s'effaceront; après que les miennes, nerveuses et faibles t'eurent guidé au-dessus de moi. Il n'y a pas d'autres témoins de notre commune folie. Tirés vers ce désert de nos sources comme d'autres le sont vers l'horizon de mer, nous transgressons l'heure et le jour, jusqu'au lieu où la lumière naissante est vive chaux pour la conscience.

(Et la dernière chose vue fut ton visage suspendu sous le mien, sur le mien, qui regardait sa mort l'attendre dans mes yeux.

Dernière image avant la déflagration du soleil
En plein milieu de nous.)

Nos têtes roulent et nos mains projetées retombent éparses, poignets brisés, roués, où se perd notre sang. Nos mains sont mortes mon amour; je n'ai plus de mots pour survivre.

Longtemps après pourtant (des lunaisons révolues sous nos paupières), c'est en elles que nous reprenons vie. Très amorphes encore, pareils aux unicellulaires – ceux qu'un ovale figure sur mes cahiers anciens –, mais réanimés déjà d'une vie marginale, mais respirant par nos mains qui rament à nouveau l'air libre autour de nous, mais sauvés par nos mains qui nous remorquent... Nos mains incendiées, nos mains éteintes sont vivantes à nouveau : au front du feu mortel, au front du feu fertile; au front du feu guéri, au front nécessaire qui reprend à courtes flammes inégales. Trop faibles encore pour parler, pour lire même sur nos lèvres, nous leur confions nos messages : – Je suis là, mon amour, je suis là, je suis sauvée. Ne bouge pas, repose-toi puisque nous allons bien, puisque nous allons bien tous les deux, je te reconnais – ici ton épaule – ici ta nuque... Patience, patience, bientôt nous pourrons nous sourire, et bientôt dire nos noms. Mes mains parlent ainsi, en une langue éloquente de muet – que tu entends. Mais parfois, tordues par un regain de feu, ou peut-être assaillies par le regret d'avoir dû renoncer à leur proie lumineuse, elles se ramassent et se crispent sur ton dos. Tu me rassures alors, précautionneusement caressant (– Là, mon tout-petit, ma folle fille, c'est fini.) Qui donc aux hivers de fièvre ou de chagrin me soulageait ainsi? Quelles mains aussi fraîches me baignaient? Quelles mains conjuraient ce mûrissement monstrueux d'un front gravide où croissent les folies? Ma mère m'oignait de pommades sentant le pin, dont le parfum restait longtemps à ses paumes; ma mère me pansait d'un mouchoir de fil très usé réservé à cet usage, mouillé d'eau de fleur d'oranger; puis restait auprès de moi tenant ma main, ayant promis de la garder encore quand je me serais endormie. C'est à peine, aujourd'hui, si j'y pense (les filles sont ingrates, du jour où elles aiment), et c'est toi que je remercie pour tant de soins reçus et de veilles à mon chevet, pour cette enfance, cette adolescence préservées de tout mal. N'est-ce pas ma mère pourtant, son amour tout présent qui t'inspirent quand tu poses ta main sur mon front? Un jour de l'été dernier où le soleil m'avait blessée, il a suffi de ce geste pour que s'ouvre au-dessus de mon visage un ciel de printemps dont j'étais l'assise d'herbe. L'eau-douce, l'eau-source, l'eau-fontaine diluait le sel, dissolvait les aiguilles de sel, lavait l'entaille du sel à mon front. L'eau-fontaine charmait dans son reflet l'enfance d'une licorne... Pluie! La pluie venait ou sa promesse dans le vent sur les gerces d'un sol acide, sur une terre soumise à la corrosion des gemmes, sur une terre blanche de soif. Pluie! L'espoir pour mes lèvres de lourds fruits aqueux, l'espoir de pastèques. Et moi tout entière un moment pareille au lit des torrents mis à nu, ayant eu dans mon regard l'évidement d'un paysage réduit aux pierres seules, et moi déserte un moment, je me remettais à couler, à m'écouler au long de toi, rive et rivière résurgente et roue de moulin sous la jeune crue.

(Mais n'est-ce pas ma mère qui t'inspire? Des mains pareilles aux siennes qui m'apaisent? Égales aux siennes, qui sont l'original et la référence de toutes? Et quand je dis que les tiennes leur ressemblent, lesquelles est-ce que j'honore?)

III

MON AMOUR, je peux bien te le dire aujourd'hui, ce n'était guère alors que le cœur qui battait un peu plus vite et reprenait bientôt son allure tranquille. Tranquille je l'étais et le restais dans toute mon épaisseur. J'avais plus d'impatience que de trouble. La rougeur ne paraissait qu'à mes joues. Mes seins étaient des seins de jeune fille, je ne savais pas même qu'ils pouvaient changer. Je ne savais pas qu'au-dedans aussi les filles fleurissent. Et mon ventre était un ventre de jeune fille, qui ne me donnait ni plaisir ni peine, qui ne pesait pas sur mes jambes, qui ne tirait pas sur mes seins, qui ne me gênait pas. Objet; qu'il me plaisait de trouver lisse et plat sous ma main. Et je ne pensais pas alors : Lisse et plat sous sa main. Être sous ta main, je ne l'imaginais pas. Les rêves des jeunes filles ne sont pas précis comme ceux des femmes. Je n'osais souhaiter et je n'avais besoin me semblait-il que de mêler mes doigts aux tiens, que de rassembler mon visage entre tes paumes.

Je ne te connaissais pas, et je ne te devinais pas. Je ne pensais qu'à la nudité de tes yeux. Que pouvais-je savoir? Je n'ai pas eu de frère. J'avais appris bien peu du corps des jeunes hommes; je les avais vus tels que les fait le soleil, et comme les veut la décence sur les plages. Je ne les avais connus qu'à distance, et le hâle les faisait paraître durs. Une ou deux fois, je me suis allongée sur le sable près d'une épaule, d'un dos que je n'ai pas touchés. D'ailleurs, je n'étais pas curieuse.

Ce fut un grand étonnement, quand nous nous sommes couchés ensemble, de trouver ta peau facile comme la mienne, aussi chaude, aussi tendre sous mes ongles, une chair qui témoignait de ton enfance, s'en souvenait, en gardait la douceur. Je ne l'avais pas imaginé. J'en avais pourtant eu le temps, cette première année où je t'ai rencontré, puis attendu; cette année que j'ai vécue seule. J'habitais alors avec ton image qui me guérissait du regret d'un autre, dans une chambre d'un hôtel particulier qu'on avait divisé, pour le rapport, en appartements. Le sol incommode, de galets alignés, résonnait. Le ciel était carré. Mais les façades roses, autour de la cour intérieure, le perron tassé avaient de la douceur. J'y succédais, pour une année, à de nombreux étudiants, et d'autres y sont venus après moi...

C'est là-bas que j'ai commencé à t'attendre. Je marchais alors dans d'autres rues que celles que j'emprunte aujourd'hui pour aller à la faculté, j'étais environnée d'autres bruits et la nuit n'avait pas, autour des murs, la même géographie. C'était dans un quartier plus vieux, plus confus et plus sale, bien que plus glorieux, que celui que j'habite à présent. Un miroir, qui partageait la chambre, me donnait la fièvre, la nuit. Je n'aimais pas la couleur jaune du papier. Le lit, plus haut que la table, était inconfortable. Je redoutais le moment de m'allonger sur le mauvais matelas, et d'étendre sur moi les couvertures trop lourdes. Les draps seuls m'étaient doux parce que ma mère me les avait donnés. Tout m'était suspect. Des malades et des mourants y avaient reposé. La veuve dormait peu, craignant la mort, et ses monologues, dans la pièce voisine, troublaient mes nuits.

Je n'aimais rien de cette pièce, sauf le soleil qui pouvait pénétrer après avoir passé sur le toit de vieilles tuiles de l'autre côté de la cour, et la couleur du ciel avivée par l'encadrement rose. Tu étais alors mon recours. Je rallumais la lampe, la nuit, pour relire tes lettres. J'ai eu soudain le sentiment de notre intimité quand, après que je t'ai dit que je souffrais du froid, tu t'es apitoyé, et m'as dit que tu prendrais mes pieds dans tes mains pour les réchauffer. Les amoureux ont de ces phrases ridicules : Hugo baisant les pieds d'ange de Juliette...

Dans la cheminée, j'imaginais le feu de bûches. Mais on l'avait remplacé par un radiateur à gaz et rien ne masquait la bouteille bleue.

Je n'avais alors que de la peine. A dix-neuf ans, quand personne encore ne vous a caressée, ce n'est pas du désir que l'on sent, mais de la douleur.

Une nausée qui serait étendue à tout le corps, et comme si la peau était souffreteuse, mal nourrie.

Une honte par toute ma peau.

Je n'étais pas contente de moi.

Le désir n'est que de se meurtrir, s'user, s'élimer, se corroder, s'ouvrir, éclater, se délivrer? de quoi? Quand je me lavais, j'avais moins de plaisir de mes bras mouillés. Mon image m'irritait. Un jour, je l'ai blessée, en coupant mes cheveux ras pour être plus nue. Que j'avais envie d'être nue! dénudée, mise au jour, au soleil, baignée de lumière et d'eau, lavée, polie, refaite, renouvelée. Je me lavais avec acharnement. Mais l'eau ne me faisait pas reluire.

Je devinais qu'une caresse m'aurait guérie de cette honte par toute ma peau. Mais si j'avais, sous ma langue, le dégoût de ma saveur, j'ignorais que tu en étais le remède. Je ne connaissais d'autre évidence que mon poids, mes contours. Mon innocence m'irritait.

LES BOUEUX, passant sous mes fenêtres, m'ont éveillée. Leur tapage est un rite. Je les ai parfois maudits pour une si manifeste, grossière, irrésistible allégresse, mais c'était seulement quand tu dormais avec moi, et que j'étais soucieuse de ton repos.

L'insistance dans le heurt des poubelles, les cris convenus qui rythment leur travail ont raison de ma résistance. Le sommeil se retire; je me dénude, frileuse, dans le matin de novembre, rassemble encore une fois mes membres autour de mon torse comme pour me refermer et me rendormir puis, me ravisant, les détends. Je sais qu'il est près de six heures. J'avais convenu, cette année, de ne me lever qu'à six heures et demie. Décision qui donnait à l'hiver plus moelleuse physionomie, luxe dans ma vie... Mais jamais le luxe ne sera dans la paresse solitaire. Le luxe est dans la jouissance du matin.

J'ai vingt-deux ans et je ne suis pas mariée. Jeune femme, c'est mon privilège d'avoir encore ces matins d'adolescente, de vivre net, résolument avant le jour. Sans doute, quand tu es là, j'habite plus longuement le lit où tu me retiens, encore que les caresses refrènent mal cette impatience d'être debout, droite, lucide.

Je n'ose pas t'abandonner. Je l'ai fait le premier matin, dans cet hôtel désert de Provence où nous étions arrivés la veille, à la nuit. Je n'aime pas la moiteur des chambres, ni les volets hermétiquement clos quand, au-dehors, sont les platanes, les fontaines et le ciel du Vaucluse. Je n'en pouvais plus d'être, auprès d'un homme, enfermée dans sa nuit, dans sa chaleur, dans sa chair. Le lit est large, j'en sortirai sans que tu le saches. Dors, dors mon petit, mon mien, dors, je te quitte; les carreaux du sol sont silencieux, je descendrai jusqu'au jardin, dors, je reviendrai avant que ta solitude t'émeuve.

Personne dans l'escalier. La porte ouverte me livre à la lumière que divisent et remuent les feuilles de trois mûriers de Chine au-dessus d'un bassin. L'eau lisse le jour, le jour lave l'eau. Je respire et me renouvelle. Je voudrais, à cette heure, seule aller dans les collines, dans la lavande sauvage en fleur. Dans les allées, les tuyaux d'arrosage oubliés. Un rosier croulant. Lieu pour les guêpes. Déjà le jour est excessif, si chargé d'essences, de pollens et de bruits qu'on le pénètre avec difficulté. Il ne cessera de se faire plus dense jusqu'à l'heure de la sieste où nous supporterons le ciel compact sur les feuillages écrasés et nos joues moites. Les arbres déjà perdent leur agilité des premières heures; les arbres s'installent dans le jour. Je me suis levée trop tard; je suis en faute. Et tu seras triste si tu t'éveilles seul. Je te rejoins.

QUE JE TE SAIS GRÉ de ne m'avoir pas épousée. Ce à quoi j'aurais sans doute consenti il y a quelques années, trop flattée par une première demande pour garder quelque prudence, trop jeune pour ne pas vouloir vieillir un peu, trop fougueuse pour me réserver quelque privilège, quelque secret que ce fût. Tu me désarmais, tu m'ouvrais, tu m'habitais, je devenais ta maison et je le voulais bien. Suis-je alors devenue plus vulnérable? Tu m'as distraite du dehors, et de moi-même, tu m'as préoccupée. Le scrupule qui m'a retenue immobile à tes côtés dans les dernières heures de la nuit s'est depuis longtemps changé en habitude.

J'ai appris à être paresseuse, c'est entre nous sujet à tendres plaisanteries. Et c'est vrai que je suis bien à retrouver longuement le goût de ta peau, ton odeur, à retrouver longuement ma forme sous tes gestes. J'ai appris à être heureuse. Je ne médirai pas du sommeil partagé, ni même du sommeil solitaire. Mais il est bon qu'il finisse. Ce n'est pas que je me croie appelée avant l'aube à des tâches si importantes qu'il faille m'y précipiter; je ne suis pas assez vaine pour croire mon travail plus sérieux que mon loisir.

Je n'ai pas le devoir de veiller. Il ne s'agit que de plaisir et privilège, privilège plus que plaisir car ce goût des matins n'est pas de ma petite enfance.

Ce fut quand j'entrai en classe de sixième, à l'âge de dix ans, qu'on me permit de travailler tôt le matin. Ma grand-mère, très matinale par goût autant que par la nécessité qui la faisait alors travailler à l'usine, avait la charge de m'éveiller.

Je la devinais avant même qu'elle ouvrît la porte et n'attendais pas qu'elle se soit penchée sur mon lit pour rejeter les draps. Elle était toujours confuse alors, pleine de regrets : « Il n'est que... Repose-toi encore un peu, ma fille », presque suppliante. Mais j'étais trop heureuse. Nous évitions de faire du bruit : la petite sœur dormait. Rien de plus constant, de plus têtu que son sommeil; rien qui m'étonnât plus, qui m'irritât même que ce refus d'être au jour, que cette nonchalance, cette désinvolture. Comme s'il était sans conséquence d'être en retard quotidiennement!

A dix ans, à quinze ans, à vingt ans... nous n'avons l'une ni l'autre changé. C'est une chose sue de tous dans la famille que cette opposition de nos caractères, de nos habitudes. Je persiste dans mes privilèges. Il n'est plus nécessaire depuis longtemps que ma grand-mère ouvre la porte pour que je sache l'heure. Souvent, même, je la devance. On a pris son parti de cette originalité, de cette rudesse de mes mœurs! Mais ai-je jamais été douce, si ce n'est avec toi, quand il s'agit de t'accueillir; ai-je jamais voulu, consenti à être douce? Je sais qu'on redoute pour moi le sort de vieille fille bien qu'il soit depuis longtemps vain de le craindre. Garçonne, acharnée au travail, je n'ai pas les vertus d'indolence, de complaisance qui me rendraient d'abord facile.

Peut-être est-ce pour me différencier volontairement d'une sœur dont l'excessive féminité m'irritait, que je choisis de renoncer au repos, aux matinées à lire dans le lit. J'avais besoin de privilèges, j'ai besoin de les préserver. Besoin que la paresse, l'amour, la vie partagée ne soient qu'intermittents.

Je t'attends longuement, et te laisse ensuite aller à regret, mais je ne suis forte comme à dix-sept ans que dans tes absences. Nous partageons le dimanche, les matins du dimanche, mais la semaine est à moi seule. Quand bien même tu te lèverais avec allégresse, quand même tu aimerais te lever, je ne saurais, moi, partager le matin. Le matin, c'est quand je suis seule.

Mariée, je ne saurais plus rien des commencements du jour, je serais privée de mes propres commencements – et ce n'est que l'exactitude qui me fait forte.

Privée des commencements du jour... Il est vrai que je ne les observe pas. Le plus souvent, mes persiennes demeurent closes longtemps, ma lampe longtemps allumée. Je ne sors sur le balcon dès mon réveil que par temps de grand vent, quand le vent a tourné toute la nuit dans mes rêves, quand le vent m'a toute la nuit assaillie et remuée dans un sommeil qui ne trouvait pas, comme à l'ordinaire, d'assise ferme. Quand le vent m'éveille à la fin.

Je sors à sa rencontre pour voir le vent couler en crue dans la rue, pour l'entendre venir d'autres rues, et toute une géographie en creux, relief inverse de la ville, m'est alors révélée.

La ville, qu'on croyait compacte et close, est ouverte, proie des chevaux sauvages, des eaux.

Ville bien irriguée,
Ville inondée, lavée,
Ville nue,
surprise dans sa nuit par les souffles étrangers,
Ville proche soudain de la mer,
Ville qui ne dissimule plus la terre,
Ville prise, pillée,
Ville habitable enfin.

Le vent, plus que la Garonne, me plaît à Toulouse. Il dure trois jours et trois nuits, et c'est chaque fois un temps d'allégresse.

Je suis sortie parfois.

Mais, le plus souvent, j'habite le silence de ma chambre.

Présence

ILS NE S'ÉTAIENT PAS MARIÉS. Ils n'auraient su dire lequel avait persuadé l'autre qu'il ne le fallait pas. Lequel avait dit le premier que l'amour mourrait de satiété. Ils n'auraient su dire ce qu'il entrait dans leur refus de vivre ensemble de sincérité, de courage ou de pusillanimité.

Sans doute leur arrivait-il de craindre de s'être trompés, de craindre de se tromper sans oser l'avouer.

Ils n'avaient plus à défendre, justifier leurs choix. Les familles s'étaient lassées d'exprimer leurs regrets.

Elle aimait s'éveiller seule le matin.

Il aimait...

Il venait, repartait. Elle restait seule dans sa chambre; et quand il la quittait le regret se mêlait, en elle, à la délivrance. C'était l'heure des résolutions.

Cette intermittence imprimait à sa vie un rythme et le rythme lui était nécessaire, celui de l'alternance des jours et des nuits.

Elle passait son temps à la faculté voisine, et

vivait dans une sorte de perpétuelle distraction intellectuelle.

Elle rentrait tôt chez elle le soir, et ne recevait ordinairement personne.

Entre deux explications de texte, elle lui écrivait de longues lettres tendres et monotones, lui parlant comme s'il eût été là.

Et parfois elle s'irritait : – « Je t'embrasse. Je penche ma tête sur ta poitrine, je touche ton cou, je touche tes lèvres, tes cheveux... »

Quelles lèvres? Quels cheveux? Elle était seule. Il y avait longtemps que durait la nuit. On était en décembre. Longtemps qu'elle avait ramené vers elle les persiennes. La chambre était fermée. Il ne viendrait personne. A qui parlait-elle, et quel sens cela avait-il de parler à quelqu'un qui n'entendait pas ces paroles? Peut-être à cette heure même l'oubliait-il, penché sur un livre. Rien ne la reliait à cette autre chambre fermée. Si le monde avait alors cessé d'être... Peut-être au-dehors s'accomplissaient sournoisement des offensives de mort. Peut-être la mer se hissait-elle lentement au niveau des fenêtres fermées. Peut-être la terre cédait-elle sous les villes trop pesantes. Peut-être tout était-il déjà englouti. Certains soirs où le vent se levait, elle savait la ville vulnérable, toutes portes ouvertes vulnérables.

Elle n'aurait su dire où il était. Et vers où se tourner? Les points cardinaux n'étaient pas réels. Une silencieuse apocalypse s'accomplissait.

Où était celui qu'elle invoquait?

Les objets en ordre ne témoignaient pas qu'il fût là.

– Je mens.

Mais le poids de ses paupières soudain attestait sa présence.

Le poids de ses paupières doubles.

La confiance de sa paume ouverte.

Et cette saveur de ses lèvres.

Elle mordait délicatement la paume de sa main. Elle caressait ses lèvres de son doigt et lissait ses cheveux. Elle prenait un sein dans sa main.

– Je ne mens pas. Tu habites où je suis. Tu m'habites. Tu es assis entre mes membres.

Tu es bien dans mon sang.

Tu es là,

au-dedans.

Je te déplie, je te caresse, je te réchauffe.

J'ouvre mes mains, j'ouvre tes mains.

Tu es présent entre ces murs, ces meubles, ces vitres, le tapis et la chaux du plafond. Sage.

Nous nous couchons ensemble.

Je sais bien à l'acuité de mes seins que tu es là.

Si je parle nous sommes deux.
Immunité.

Tu es celui qui est présent. Celui-là seul qui est présent, où mon père et Dieu font défaut. Ai-je oublié déjà le temps où tu n'étais pas, pour croire un seul moment à la solitude, à la liberté?

Quand tu n'étais pas encore venu, alors la chambre était déserte, et je n'y pouvais être à mon aise. C'était une autre chambre que celle-ci...

Si tu n'étais là, je ne caresserais pas mon ventre. Car je n'aime pas le plaisir solitaire.

Si tu n'étais pas là, où seraient les fenêtres?

*

Ceux qui s'entr'aiment doucement dorment.

Et dix heures du soir ne serait pas l'heure solennelle de consentir à l'ombre.

Je ne me saurais pas ordonnée autour de mon ventre.

Si tu n'étais pas là, je ne saurais pas que les draps entre lesquels je m'allonge sont doux.

Si tu n'étais pas là pour me retenir, je ne penserais pas tant à la mer, je ne jaillirais pas ainsi au matin.

Si tu n'étais pas là, me lèverais-je à ta rencontre?

*

La semaine passe, tu reviens.
Tout à l'heure tu entreras dans la maison.
Tu sortiras de moi.
Tout à l'heure tu entreras.
J'ouvrirai la porte.

Tu choisis pour apparaître un moment de distraction.
Tu ne me surprends pas.
Dimanche partagé.
Le moment où tu pars, le moment où je te retrouve.

*

D'avoir un corps

Qui, sinon toi, me tient debout et prise par la taille face au jour? prise aux épaules, prise aux aisselles, prise aux genoux? Qui lisse mes genoux et mes épaules? Qui me tient à la nuque – et j'ai beau pencher en arrière ma tête, et la mouvoir, tu ne me lâches pas... Qui me tient aux hanches, qui écarte mes hanches à deux mains, ouvrant le ventre plus large? Pas un point de mon dos auquel tu ne touches. Qui, tandis que je suis debout, vient par-derrière et me couche contre lui, verticale, immobile, suspendue? Qui me heurte en pleine face...

En Qui est-ce que je me connais?

Es-tu autre chose que ton nom?

Célébration de ton nom.

Les soirs où tu n'es que ton nom.

Et les soirs où tu es l'ombre du monde entier autour de moi.

Et les soirs où tu es la lumière des antipodes.

Si tu n'étais là aurais-je tant de plaisir à faire ce que tu défends?

IL LA QUITTAIT pour quinze longs jours. Penchée au balcon sur lequel s'ouvrait au deuxième étage l'appartement, elle le regardait ranger ses bagages dans le coffre de la voiture, quitter et plier son imperméable, ouvrir la portière. Parfois, il levait la tête vers elle avec un sourire mesuré et ce geste de la main qu'il n'achevait pas à cause des voisines déjà postées sur leur balcon. Femmes n'ayant plus guère forme ni couleur, naturellement malveillantes, arborant en prétexte leurs insignes de ménagère – le foulard et le balai –, mais venant dès le début du jour s'appuyer au rebord de pierre des balcons suspendus à la façade comme autant de petites loges d'où elles assistaient, constantes, au spectacle de la rue.

Nombreuses à l'étage inférieur, elles ne levaient pas les yeux jusqu'à elle, mais regardaient sans discrétion celui qui s'en allait. Combien de fois avaient-elles dû dire entre elles : « Non, ils ne sont pas mariés. Et vraiment, on ne comprend pas pourquoi. Car il vient ici tous les dimanches. – Non, pas tous les dimanches, je l'ai bien remarqué, tous les quinze jours... Je l'ai aperçu quelquefois aussi dans la semaine. Mais très rarement, je ne comprends pas pourquoi. Et depuis longtemps, deux ans au moins. – Non, trois. Depuis qu'elle est là. On les a toujours vus ensemble. Mais ils ne sont pas mariés. Pourtant, cette petite a l'air bien comme il faut. Pas de bruit, presque pas de visites. Une étudiante, sans doute. Je la vois prendre la rue du côté de la faculté. – Mais lui, qui est-ce? »

Aucune ne le savait. Il ne leur fournissait aucun indice. A quelle profession pouvaient s'employer sa taille haute et mince, son visage calme, son regard où se mêlaient la gravité attentive d'un enfant et l'inquiétude, ses gestes exacts, ses grandes mains soignées? Elle aimait l'observer d'un peu plus loin qu'à l'ordinaire, en prendre, au moins autant qu'elle le pouvait, une vue objective, et se dire comme s'il se fût agi d'un étranger : – Cet homme me plaît.

Ce compagnon l'honorait. Elle en avait, à ces moments où la curiosité du voisinage surprenait leur séparation, un plaisir de vanité. Ce n'étaient pas les moments où sa tendresse était la plus vive. Ils s'étaient dit au revoir dans la chambre, un peu plus tôt, et une fois encore devant la porte avant qu'elle l'ouvre : « Sois sage, badinait-il, n'ouvre à personne. » Elle riait et ne répondait pas, ou bien d'une voix qui feignait une application enfantine, se haussait sur la pointe des pieds, réclamait un dernier baiser, le prenait, le donnait, retenait sa main, la portait à sa bouche, répétant en souriant : « C'est promis », puis, maternelle, finissait par des conseils apeurés : « Sois prudent, mon cœur, sois très prudent... », le lâchait enfin.

Elle entendait après quelques secondes battre la porte de l'immeuble. Il était parti.

Elle pouvait alors ouvrir les portes-fenêtres et les persiennes qui éclataient bruyamment sous sa poussée; elle pouvait se pencher vers la rue, le reconnaître et lui sourire encore, elle était étrangement passive. Comme une irritation se mêlait en elle à la sollicitude, et c'était aussi le dépit, l'inquiétude de n'éprouver pas, à cette heure, le déchirement qui, selon ce que l'on imagine de l'amour, aurait dû être le sien. Elle ne savait si elle était mécontente parce qu'elle prolongeait vainement l'adieu déjà prononcé, ou si c'était parce qu'elle se résignait à ce départ. D'où lui venait sa mauvaise conscience, d'aimer trop ou trop peu? Qu'il parte, tout de suite, puisqu'ils s'étaient séparés. Qu'il soit enfin parti, pour qu'elle puisse recommencer à l'attendre, se disposer à le revoir, tout préparer pour son retour. La voiture démarrait, il ouvrait la vitre, agitait la main... Elle n'attendait pas toujours qu'il fût parvenu au coin de la rue pour se redresser.

C'était ordinairement vers neuf heures, le lundi matin. Même en hiver, le jour était alors bien avancé. Les ouvrières de la fabrique de rubans qui occupait le rez-de-chaussée étaient déjà entrées. Des étudiants se hâtaient vers la faculté des lettres proche. Déjà la rue était encombrée. L'heure salubre était passée. Elle rentrait dans la chambre. Le lit était déjà refait. Les objets à leur place. Il n'avait rien oublié. Il n'oubliait jamais rien. Qu'il avait été là, elle l'éprouvait seulement à l'heureuse lassitude de son corps, abandonné par la nuit comme un arbre que rejette la mer, corps poli, corps usé, dénoué, noyé. Le ventre dénoué, le ventre ouvert, lavé, noyé, le ventre las, passif comme une plage. Faite plage, elle s'attendrissait. Mais elle n'aimait pas être femme ainsi.

Elle était sortie à la rencontre du jour. Mais faute de l'avoir rejoint dès le commencement, elle s'y trouvait mal accordée. Elle le retrouverait demain.

La semaine

Lundi matin, le recommencement de l'amour libre.
Lundi soir, la chambre.
Mardi matin, le matin.
Mardi soir, le sourire.
Mercredi matin, le silence.
Mercredi soir, les larmes.
Jeudi matin, la patience.
Jeudi soir, ta peau.
Vendredi matin, le vent.
Vendredi soir, le désir.
Samedi matin, l'arbre.
Samedi soir, le sexe.
Dimanche matin, ta main.
Dimanche soir, le sommeil partagé.
Lundi matin, ton nom.

Lundi soir

LA NUIT DE DÉCEMBRE entre dans la ville dès le début de l'après-midi.

Travaillant dans les bibliothèques, à la clarté du livre ouvert, elle n'avait mesuré le progrès de l'ombre au-dehors qu'à la variation de la teinte des vitres, en marge du temps, et ne s'en étonnait qu'à l'heure de rentrer chez elle; quand, au sortir de la chaleur que font tant de souffles rassemblés, au sortir de l'odeur des livres qui écœure et rassure comme celle des étables, elle rencontrait la nuit pleine. Elle y consentait, la préférant au demi-jour de la fin de l'automne. Loin de se sentir opprimée, par le contact du froid elle prenait possession de lumineux contours, se modelait en eux. L'obscurité lui révélait son corps plus net, et plus vif son regard se rouvrait pour supporter l'épreuve des enseignes multipliées. Elle embrassait l'air humide de lèvres soudain déliées et charitables. Et résistant à l'écoulement sale, dans ce désordre accru du centre de la ville à l'heure où finit le travail, elle se rassemblait et s'ordonnait, heureuse d'être aussi dense.

Bien qu'elle ne sortît presque jamais le soir, soit pour aller au cinéma, soit pour se rendre à l'invitation d'une amie, et qu'elle se couchât tôt, ayant gardé cette habitude de son enfance, bien que la nuit d'ici ne lui parût pas digne d'être observée, sinon dans la distraction du sommeil, elle sentait à ce moment de la tendresse.

En dépit de ses feux, la ville était soumise; l'inconnu y régnait uniformément; les moindres rues étaient forcées. Une alerte tardive ramenait les gens chez eux. Mais le bruit de guerre des moteurs, les fuites et les poursuites cesseraient. Il y aurait un moment où chacun se résignerait; où l'on n'entendrait que le froissement de l'ombre entre les façades. La nuit s'immobiliserait et garderait les portes, avec la complicité de chats sans maîtres, et de l'oiseau de veille au jardin de la faculté.

Et que la ville fût inondée, avec son fleuve opaque, ses caniveaux fleuris des vermicelles qu'y déchargent les conduites d'eaux usées, ses lambeaux d'affiches parasites et la foule des véhicules arrêtés le long des trottoirs, que la ville fût noyée et toutes ses immondices soulevées et charriées, lui redonnait l'espoir de respirer dans un espace désencombré, d'entendre jusqu'ici une rumeur d'eaux ou d'arbres, de reconnaître l'odeur de la pierre mouillée.

Seul le vent, mieux que la nuit, lave la ville. Le soir était un présage. Elle aimait dans cette heure la promesse du matin.

Elle revenait vers la maison par le chemin le plus court, comme si quelqu'un l'avait attendue. Il l'avait quittée au matin. L'unique pièce était vide. Mais elle n'éprouvait à s'en souvenir aucune amertume.

Toutes les rues de la ville concouraient vers la maison, tous les pas qu'elle faisait l'y ramenaient. Il lui semblait qu'elle rejoignait son cœur même, son cœur qui n'était pas en elle, mais autour d'elle, son cœur qui l'enveloppait par tous les gestes qu'elle faisait. Et la ville s'organisait autour de la chambre, autour de son cœur, la lumière qu'elle habitait, qu'elle avait partagée, qu'elle partagerait avec lui, l'espace des dimanches.

Elle montait l'escalier en éprouvant sa légèreté. Elle allait jusqu'au bout de chacun de ses pas, s'accompagnait jusqu'à la porte.

La porte dont elle avait seule la clef. La porte qui donne sur nous... La porte s'ouvrait face aux carreaux sur la nuit. J'allume la lampe. Et par ce seul geste, je fonde l'entente avec les objets et les murs. Nous sommes entre nous. Je ferme avec douceur les persiennes. Tu es trop loin, je le sais, pour voir la lumière que j'allume, tu es trop loin pour voir cette lumière que je rallume en moi, après le terne jour de la fin de l'automne. Il pleut sur Toulouse, l'eau coule sur les vitres, j'appuie ma joue contre la vitre, il pleut sur mes joues. Je ne pleure pas.

Après le repas rituel et simple, commence la veillée. Je travaille à la table desservie. La chambre est autour de moi. Où es-tu? C'est ici que je te regarde, comme si tu t'étais dissous, après la nuit commune, dans le jour corrosif et les bruits de la rue; comme si tu devais resurgir à un certain degré du silence, de la tiédeur, de mon désir.

La chaise qui me fait face de l'autre côté de la table est ta chaise. Je n'ai pas besoin de fermer les yeux pour te voir assis.

A CAUSE d'une phrase de ta lettre, j'ai marché entravée tout aujourd'hui.

Mon corps ne se laissait pas oublier. Il avait sa volonté propre. Que lui avais-tu dit, promis, à lui seul, dont il s'entretenait? Je le traînais dans mes démarches comme on traîne après soi un enfant qui a du mal à suivre, et continue imperturbable ses dialogues et ses jeux. Ainsi mon corps était rendu à son enfance. Il avait pris des vacances, libre à moi de le rejoindre. Ce n'est pas du tout facile de vivre ainsi partagée. J'en étais irritée. J'aurais voulu me flatter de la main, me caresser, mais je n'étais pas seule; je n'avais pas voulu être seule de peur de me laisser séduire, et j'allais de bibliothèque en salle de cours, avec un peu d'égarement dans mes déambulations.

Distraite, je ne nie pas la beauté du jour. Le jet d'eau du jardin de la faculté lave l'éclat rose des briques. Les graviers font un bruit frais. On ne voit jamais mieux le ciel que par les hautes fenêtres de la salle de cours où j'écoute avec indulgence un professeur qui ne dit rien d'essentiel... D'où suis-je? Je tâche un moment d'être attentive, je secoue des jougs invisibles, je ramène derrière les oreilles mes cheveux comme s'ils étaient cause de cette fièvre de mes joues. Je me tiens droite, je m'applique à me simplifier. Mais la rigidité ne m'est pas naturelle, et dure peu.

Les sources que j'opprime veulent être reconnues et ton nom heurte en moi, avec ta manière impérieuse. Une fois encore – combien de fois dans la journée? – j'écoute une phrase de ta lettre.

Assise, mes genoux se défont.

A nouveau courbe, inflexion, consentement, je me rends au poids de mes seins, à la forme d'un indolent bouquet. Et ma bouche me donne à boire.

A cause d'une phrase de ta lettre.

J'ai reçu ce matin de tes nouvelles. Ce n'était qu'une lettre brève, un signe d'annonciation. Le silence tout autour. J'ai su que tu allais revenir, qu'il n'était pas vain de t'attendre.

Ta lettre est d'un poids léger dans ma main.

Je retarde un peu le moment de l'ouvrir.

Je déplie la feuille, je l'épanouis,

Acte de naissance du jour.

La parole est donnée.

Et par cette solennité, ce jour-ci est fondé.

La chambre est autour de ta lettre. Nous nous regardons.

Tu as des manières impérieuses. Je sais comment, à distance, tu te saisis de moi. Ce n'est pas que tu parles du moment où je serai nue sous tes mains, nue sous ton poids. Ce que j'entends le mieux est le silence qui se noue sous ta langue. Ce silence croissant en toi, duquel tu n'oses pas être distrait.

Pourquoi cette solennité? Demain n'est pas jour de nos noces.

Il y a longtemps que je t'aime. Longtemps qu'on pourrait me croire apprivoisée. Il n'est pas sûr que je te connais.

Je sais ce que tu veux dire. Ce que tu réserves. Ce que tu fomentes.

La forme d'une phrase, quand je la redis, me change : un impératif nuancé de virgules, l'abrègement d'une incise, cette manière de me flatter de la voix, cette impulsivité.

A cause d'une phrase de ta lettre, j'ai marché entravée tout aujourd'hui. Je rentrais dans la maison, je relisais les mots pourtant sus par cœur. Qu'est-ce que je cherchais?

Mon cœur sait, mon esprit veut croire.

Je n'ai pas emporté ta lettre avec moi quand j'ai quitté la maison. Je voulais me déprendre un peu. Mais je ne l'ai pu. N'être pas si complaisante à mon plaisir.

Ce n'est plus un désir grêle comme les premières années – brûlure de chair verte. Je me souviens de la curiosité avec laquelle je percevais en moi ces rapts trop brefs.

Ce désarroi un instant,
la révélation d'une chair vulnérable
le défaut de la chair.

Comme une brève pression de la main en signe de complicité.

Et quand une fois le corps profond a prononcé cet acquiescement, comment pourrait-on se défendre?

C'était un hiver à Toulouse, il y a plusieurs années; tu m'écrivais des lettres souvent pour que j'oublie le garçon que j'avais cru aimer. Je disais : mon ami, mais mon père avait déjà deviné. Je devais quitter la maison avant le passage du facteur et je prenais tes lettres au retour, chez la concierge. Au retour, dans la rue, peut-être à cause du mouvement de mes jambes, de la régularité de l'allure, de la longueur du chemin, j'avais chaud jusque dans mon ventre. Je retenais mon souffle pour que cela dure, et cela ne durait pas. Je croyais que j'étais mal faite et j'en avais honte secrètement.

Ce soir mes genoux se défont. Assise, j'ai la forme d'un bouquet.

Je suis contente. Je suis rassurée.
Saisie.   Je lisais les mots de la fin,
J'étais saisie.
Mais la commotion était bien circonscrite.

Une phrase de ta lettre –
moins une phrase que sa forme
quand je la redis   me change.
Ce n'est d'abord qu'un soupçon. Mais qui peut l'empêcher de croître?
Œuvre de persuasion. L'air de rien. L'air de ne pas vouloir y toucher. Une phrase où tu ne dis pas même que tu m'aimes. Mais une phrase qui insiste.

Je m'irrite et n'y veux plus penser.   Le doute jeté.
Mes paupières m'accablent.
Ma gorge m'envahit. Ma gorge me donne à boire.
J'ai faim de mes propres lèvres, de ma bouche où je ne peux mordre.
Mes membres abrégés deviennent inutiles.
Usure de mes genoux.
Mes oreilles m'assourdissent.   La mer est entrée dans mes oreilles.
On m'a frappée dans le dos
Mes cuisses sont brisées par une grande peur.
Je ne peux plus ouvrir les yeux
Je ne peux plus m'empêcher de sourire.
Qu'on me prenne à la taille et qu'on départage mes bouches et que chacune soit guérie.

Large, large au soleil. Et sans ombre

Je suis le blé des greniers, si mobile, si liquide sous mes mains que j'y plongeais. Qu'on me remue, qu'on m'aère.

Je suis la terre même.

Je suis la meule qui ne moud rien depuis des siècles et qui repose, tout incrustée de fossiles

Je suis le lait, l'opaque

Je suis la nuit éclatée

Je suis couchée sur la terre
en sens inverse de sa course. Les étoiles ne sont pas moins énigmatiques que mon sourire.

Je n'avance pas, j'attends.

Je ne cherche aucune porte. Car je suis le lieu même. Le lieu où tu dois venir.

Je ne veux rien, car je suis la matière, et mon désir est absence de tout désir, fin de ma volonté propre.

Un moment vient où je ne prie même plus par ton nom, où j'oublie ton nom, où je ne me connais plus.

Je suis la Porte.

Il faut, avant que tu entres, que je me sois retirée de moi, il faut que je ne sois plus.

Un joug très vieux ploie ma nuque.

Je sais la douleur d'être objet.

J'ai senti comme mes mains perdaient le pouvoir de saisir, mes jambes la force de se mouvoir, ma langue le privilège de nommer. Toutes mes forces inversées m'ont enfermée. Mes yeux ont cessé de voir, mes lèvres de parler. Mon poids m'est devenu sensible. Je suis semblable au lit.

Sans cela qui pourrait prétendre me prendre?

Ma tête meurt sur ma poitrine. Je n'entends plus que mon cœur.

A MIDI je suis rentrée dans la maison, et j'ai relu ta lettre.

J'ai relu ta lettre avant toute chose. Debout dans la pièce froide où mon premier souci d'ordinaire est de rallumer le feu. Droite, sans même ôter mon foulard ni mon manteau. J'ai relu encore une fois ta lettre. De quoi voulais-je m'assurer? Que pouvais-je encore apprendre, de ce que je savais par cœur à force de me l'être dit, sans le vouloir, tout le matin? Que voulais-je vérifier? Sinon que les mêmes mots me causent la même peur et le même plaisir ensemble? Vais-je pleurer ou rire? Cette chaleur dans mon ventre recommence, et je suis lasse tout d'un coup. Je défais mon manteau, le laisse tomber sur le lit où je n'ose m'abandonner moi-même. Que ferai-je? Je n'ose m'employer à rien, comme si des gestes approximatifs étaient impies maintenant. Je vais jusqu'à la fausse issue qu'est la fenêtre. J'appuie ma tête contre la vitre, j'appuie ma poitrine contre la vitre, jusqu'à souffrir un peu; j'épouse le froid de la vitre. Ne viendras-tu pas? Tu entrerais derrière moi et soudain, dans mon dos, au lieu de la chambre vide, il y aurait

ta chaleur, toute ta chaleur dans laquelle je me renverserais.
Tes mains tirent un peu mes bras vers l'arrière, glissent jusqu'à la saillie des hanches. Tes genoux entrent dans le creux des miens. En tournant un peu la tête je rencontre ta joue. Patience, patience jusqu'à demain...
Je n'ai pas faim, sinon faim de comprendre ce que tu me dis, ce que tu me tais. Pourtant, parce qu'il en est l'heure, je m'assieds devant un repas de fruits. Mais que ferai-je de mes jambes qui voudraient s'emmêler aux tiennes comme elles font quand tu es là, et que tu peux, en étendant la main, toucher mes genoux sous la table?...
Je n'ai pas faim. J'ai assez de mes lèvres à remordre et de ce mot : Mien, mien...

Je ne resterai pas dans la chambre.
Les objets ne me sont d'aucun secours.
Je ne m'étendrai pas sur le lit, seule, au pouvoir de mes mains.

CET APRÈS-MIDI, je n'ai pas du tout travaillé. Voilà ce que tu fais, monstre suborneur, de la plus ponctuelle des étudiantes! Et j'en ris avec toi. On te dirait que ce n'est pas mon habitude... N'étais-je pas accordée à tout ce qui se déroule, s'étale, comme à tout ce qui rêve – l'eau d'une vasque ou celle du fleuve, et la lumière sur le fleuve? Comment me serais-je contrainte à rester dans l'air figé des salles combles?

Je marche dans les rues que le froid fait reluire. La ville ignore le givre, mais l'air venu d'ailleurs en fleurit mes joues. Je n'ai pas froid puisque ta parole comme une seule caresse me réjouit de toutes parts.

Je marche longtemps sur le bord de la Garonne, entre le pont Saint-Pierre et le Pont-Neuf, dans le même sens que l'eau, mêlée à son écoulement.

Le mouvement se noue dans la chaleur du ventre qu'il balance, qu'il distrait de son poids et de sa nuit; et le ventre clos qui ne sait de lumière que celle que tu lui donnes s'en souvient, et tressaille comme un œil blessé.

Mais demain, quand ton ombre reviendra sur

moi, je serai l'aveugle qu'il dirige. Je sais comment à la première caresse mes yeux cessent de voir.

Je croise des gens de toutes sortes qui viennent vers moi, qui passent à côté de moi, et leurs images me traversent, mais je ne retiens rien de leurs visages. Je ne rencontre personne... C'est que tu n'es pas ici.

Je voudrais marcher jusqu'au moment de ton arrivée dans la ville et te chercher alors parmi le nombre, pour le bonheur de te reconnaître de loin, avant même que soient distincts les traits de ton visage, de te faire un barrage du mien, et que tu ne puisses passer outre.

Je ne retiens rien des hommes, mais j'épouse les arbres, dont tu n'es pas jaloux. Ils me pénètrent l'un après l'autre et avant qu'ils m'abandonnent, je me façonne à l'imitation de leur destin rigide. Il reste, de notre intimité, une ressemblance dans le bonheur d'ouvrir les bras et l'orgueil que j'ai de mes seins.

Je m'arrête souvent : ma main cherche des preuves aux pierres qui bordent le quai. Mais qu'ai-je besoin de preuves?

Je promène mes yeux dans le jour, mais je ne peux les distraire de toi.

Je promène aussi mon ombre. Mais qu'ai-je de commun avec mon ombre?

Je porte mon ventre comme un astre vivace au cœur de ses écorces éteintes. Et je suis chaude dans ma robe, où ne m'atteint pas la fraîcheur du jour.

ASSISE DANS MON LIT, je ne me soucie pas de dormir : je t'attends.
(Ce bonheur résiste au sommeil.)
Il fait calme. Je respire posément. Je fais moins de bruit que le réveil ou le feu. Les objets sont, autour de moi, des modèles d'inertie. Je les ai mis en ordre pour pouvoir les imiter. Je suis comme eux innocente.

Tranquille. Aucun miroir ne divise et multiplie les choses. Je n'ai pas à supporter mon image. La lumière de ma chambre n'est pas visible au-dehors et ce que je fais est secret. Je peux s'il me plaît dormir nue. Je peux s'il me plaît penser à toi toute la nuit. Ici, j'ai quand je le veux du plaisir à voix haute.

La fatigue me disperse. Indifférente à mes membres. A peine irritée du fléchissement des seins que ne provoque plus le jour. Ce poids est ma seule peine.

Genoux ouverts je veille.

Je dis ton nom de temps en temps pour en voir l'effet.

Ton nom d'homme nu, ton nom d'homme que j'aime.

Si je ferme les yeux, j'y vois la nuit. Une étoile proche me gouverne.

Je suis sûre de ce désir.

Demain, je te dirai seulement que j'ai mis longtemps à m'endormir.

IV

A L'IMPRÉVU, au détour d'un de ces gestes,
Des ressources de salive se révèlent
Les lèvres se disposent en aveu
Jamais plus innocentes
Ce renchérissement de roses décourage mes bras
Source entends comme tu croîs
Pour plus de plaisir prévois ta naissance
avant que j'y cède et m'écoule.

Éruptif
Moi
ce bateau inaugurant la mer
mis sur sa rampe
qui s'accélère

Vais-je en glissant te dépasser?
Moi
comble à me déchirer
trouée
Le vouloir vivre vite pour en mourir.

MON AMOUR, mon amour
le grand bonheur que me donnent tes mains
c'est le bonheur d'une chose
qui saurait qu'elle est belle
Tuiles romaines
qui aiment
leur rondeur
Collines
que charme la mélodie de leur profil
Mes seins jaillis du lit horizontal
convoitent leurs étoiles sœurs
prisonnières dans tes doigts
Le grand bonheur que me donne ta bouche
est celui d'une chose bue
qui se réjouit de son goût
Liqueur Saveur Faveur Salive
Le grand bonheur que me donne ton sexe
est le bonheur des choses gouvernées
le bonheur des choses qu'on ouvre
le grand bonheur des choses éclatées
le grand repos des choses immobiles.

Par mon ventre ouvert tu es entré dans mon enfance
et tous les jeux nous sont permis
Mon ventre oublie sa condition de ventre
et danse lourdement
comme des mots vulgaires que soulève l'emphase
les mots d'un adolescent qui s'exalte
Mon ventre oublie sa servitude
et toute la nuit se démène
hirsute et largement fendu comme une flamande de
Brueghel dont j'ai le rire
et qui ne sent plus son poids
Mon ventre danse
et se déchire
comme un drapeau
Soumise comme un objet qu'on use et qu'on délaisse
rêveuse comme la lampe le réveil les voiles des fenêtres
je découvre le prix du silence et l'exquise douceur de
la nuit

Calme
rose
à perte de vue
je repose
Mais si je meurs du plaisir
Qui parlera de l'art délicat de ta langue et de la force
de tes membres?

Par la force j'ai rendu mon lait
Tu me sépares de mon lait
Et grasse épaisse je suis une motte inerte
Un galet luisant de beurre mouillé
que tu lèches encore.

J'ÉCOUTE en moi l'homme qui s'évertue.
Il est sérieux comme un enfant, et j'ai pour lui de la douceur. Quand je connais, à l'incertitude de son regard, qu'il perd la raison, d'un mouvement de reins je précipite sa chute. Je brise entre mes jambes sa vigueur et je le vois s'abattre sur moi avec la grâce d'un arbre musical.
Couché, il tombe encore en tressauts brefs qui résonnent sous son front et descellent ses paupières.
J'ai de la peine à voir se faner sa peau d'où la couleur se retire.

C'est une fin parfaite
Sans un cri
ténue comme la mort impalpable d'un
papillon.

C'est une vieille histoire

L'épouse antique au retour de l'époux
le conduit sur la pourpre
et le tue dans son bain
avec ses propres armes.   Exsangue
il gît sur le seuil du palais retrouvé.
  Tu ressembles à ce mort.

MON PAUVRE AMOUR tes yeux hésitent
Mon pauvre amour tu vas mourir
Meurs mon amour mon pauvre amour
Meurs mon amour contre ma bouche
Mon pauvre amour aux yeux défaits
Meurs de savoir trop de secrets
Meurs d'avoir vu la vérité nue de mon sang
Meurs pour que je guérisse et tue
le feu avec qui je joue
Meurs
pour que je me voie mourir
Meurs
pour que je me voie renaître
Quand tu rouvriras les yeux

La nuit rallume les fontaines
La Provence est illuminée
Nos mains nourrissent les rivières
Le platane nous berce morts
La soif m'éveille
Mon amour dort.

L'AMANT VÉHÉMENT se rend à l'amante
L'amante aime voir mourir son amant
Je t'aime pâle mon amour
Baisse tes paupières qui tremblent
Tes yeux sont ceux des pauvres qui n'ont rien
qui ne tendent pas les mains car ils désespèrent des hommes
Ils regardaient au fond de moi un furieux soleil cloué
Le soleil a bu leur couleur
Ils sont comme de vieilles billes ternes
sales tripotées par les enfants
de vieilles agates où s'efface l'arc-en-ciel.

Tu n'es plus dans tes yeux
Tu n'es plus sur tes lèvres
ni dans tes mains
Tu n'es plus nulle part.
Où te trouver?
J'ai peur de l'effroi du vainqueur
après le massacre des vierges et des enfants
devant le champ jonché de mains et d'yeux

devant les arbres morts et l'absence d'oiseaux
devant les maisons vides les fenêtres sans couleur
  sans rideaux
Ma fenêtre inutile où la mort apparaît
Mon unique fenêtre mon amour mon espoir
Ma fenêtre blessée je veux te refleurir, te peupler
d'empreintes de baisers d'étoiles de salive
Dans ma main où était le sexe
j'entends battre un faible cœur
                    Je recueille
une miraculeuse larme rose
tu n'es pas tout à fait tari
tu n'es pas tout à fait désert
Une larme nourrit l'herbe qui respire et remplit l'air
de son bruit
Rivières forêts vents renaissent
Mon amour est vivant
Mon petit poulain nouveau-né
moite ridé ridicule
le jour rentre dans ta poitrine
je te souris comme je t'aime.

Tendresse

La choisir, c'est oser la banalité
Résignation aux limites
Aimer l'infime
Se savoir faible
Humble vouloir en être consolé.

Tendres intermittences. Intermittences sans tristesse.
Persistance. Ce qui fait que nous durons.
Ta patience quand, velléitaire, tu me racontes l'histoire des deux pigeons.
Mieux fait patience que jalousie.

Des gestes éphémères pour durer
Gestes périssables – s'effaçant comme les traces de nos pieds nus sur les plages
répétés comme nos pas sur le sable.

L'ordinaire tendresse

Je dis minutieusement comme je l'aime un monde limité à la mesure de nos bras • Un monde qui tiendrait dans un anneau, dans un oui. Je sais que

je ne suis pas au monde d'aujourd'hui, que je vis dans un temps révolu. Tendresse et goût du dénuement font mes paroles désuètes pour qui rêve à la mode.
Mon amour n'est pas à la mode, tant pis.

Notre vieillesse • Notre vieillissement.

Je crois que la mort seule peut me finir mon enfance
Je crois que la mort m'éternisera dans l'enfance

J'ÉCRIS au moment de tendresse de l'année. Tout, ici, en ce printemps, *ce pays de collines au printemps,* ressemble à ta douceur, me console de ton absence. Je ne vois pas de digitale, de crosse de fougère enroulée, de *versants,* de prés à l'ombre grasse, que je n'y reconnaisse la forme d'une de tes caresses, la forme de ton *accueil.* Cette nature me reçoit comme seul tu le sais, offerte entière dans l'unique horizon pareil à ton bras, *présente sans insistance,* présente seulement, pour qu'on s'y repose, constante. J'écris au moment du réveil de l'année, *dans l'oubli des gerçures. Les privations furent irréelles, les pénitences inutiles.* L'amour suit les saisons, nous le recommençons, nous le recommencerons. Je n'ai pas vu d'année sans printemps.

Il ne fallait pas avoir peur
Il ne faudra pas avoir peur.

TON ÉPAULE *opportune* où *s'échangent* force et lassitude pour faire un *présent facile*. Épaule *exacte :* qu'elle soit au niveau de mon front m'étonne. Comme *l'accord* de ta paume et du sein qui la comble : cette *convenance* de courbes et d'angles qui fait que, repliée, je tiens entre tes genoux et tes bras, jusqu'au matin. Cet *échange* de mon sommeil découvert et de ta chaleur qui le borde.

Poursuite d'infimes découvertes : A la saignée du bras, lieu *déclos* pour tes lèvres. *L'aisselle* avec son goût d'herbier, de soir de fenaison,

s'évapore *s'étale* sèche

Je donne à ton regard, raisons inexpliquées, les lignes de mes mains, fragile la trace de mes veines furtivement visible quand je retourne vers toi mes poignets.
Paumes évidentes, ouvertes, pour aucune autre offrande que leur secret.
Déchiffre-moi.

Moi sans autre enfant, ne sais-je pas comment te nourrir, tenir
ce poids de ta tête,
cette bouche qui m'exige?

Pluies écoutées ensemble. Pluies égrenées ensemble, en des dimanches dont nous ne gardons nulle trace à croire qu'ils furent rêvés.
(Le vent c'est un autre. J'en suis folle. Tu pourrais en être jaloux. L'assiduité du vent.)

Je te connais jusqu'à l'enfance. Sans besoin qu'on me la dise.
Tu n'as pas tourmenté les bêtes, brisé les branches.
Tu n'as jamais eu, voulu, de fronde. *Aucune arme, ni pour rire.*
Tu mourrais au premier jour de la guerre.
Tu ne demandes rien.
Tu ne me retiendrais pas   Il faut que je t'en prie – Tiens-moi, tiens-moi bien...
Il faut que je te défende de tout.

AMOUR aux belles paupières.

Paupières pour pétales, pour y déposer des pétales semblables, ce que font sur leurs lèvres les petites filles... de rose rouge
de rose bleue
pour tes paupières non pas ces pétales de roses rouges que jouaient les filles à mettre à leur bouche, mais feuilles tendres, peut-être celles de l'acacia et Tu t'éveillerais avec des yeux d'oiseau dans son arbre.

Je ne sais pas la couleur de tes yeux
Tes yeux, lessives anciennes
Des yeux indéfinis

Douceur des lessives anciennes mises à sécher à l'ombre des préaux d'écoles pendant des jeudis.

TENDRES, c'est rire ensemble comme dormir sans y penser. C'est y penser aussi.

C'est quand pour mieux nous endormir je m'exerce à respirer selon le même rythme que toi.

Dans le lit mes pieds caressant les tiens parlent des plages
usure consentie érosion – Du bout de moi, à ma limite, je tiens à toi, m'y renoue, je me tends.
Rencontre là-bas Curiosité de toi Reconnaissance à nos limites.
Puis je te rends au drap égal.

Le jour au travers du rideau de perles de verres.

Que l'été même ne te meurtrisse pas. Je parlerai pour te rafraîchir de Malaucène en Provence où l'eau glace des melons.

Une consonance étrangère qu'on reconnaîtrait pour l'avoir entendue à l'école il y a longtemps. Douce comme le souvenir d'un prénom russe.

De savoir que tes cheveux changent
Tes cheveux changent. Je ne fais plus de colliers des graines de melons réservées, séchées, peintes, enfilées, ni du fruit de l'églantier; je retiens l'envie de cueillir les fleurs qui s'offrent. Tes cheveux changent, moi aussi, ensemble, regarde mon front.
Le plaisir je le prends je le donne.

Mon père ne me défend plus d'aller au bal
de petites filles m'ont appelée Madame
J'ai tenu des enfants dans mes bras
Je ne ris plus, je ne pleure plus impunément
Mon amour tes cheveux mon front rien ne change.

A force de vanter ta douceur, à force de vouloir être douce, à force de grâce résolue, nous guérissons d'être sages.

JE NE SAIS RIEN des nuits
Pas plus que chez mon père
Aventure oubliée
Je ne dis rien des nuits

Mais je m'éveille la première
tenant avec le matin un pacte convenu depuis l'enfance au village, par complicité avec ma grand-mère et goût des choses nettes.
Par curiosité, par appétit je m'éveille.

Il y aurait si j'ouvrais les fenêtres une odeur de boulangerie.
Il y aurait au retour du bord de mer ou des collines, celle des sommeils emmêlés, draps froissés, en même temps que celle du café – mûri parfait en mon absence.
J'y faisais irruption, je dérangeais l'ordre révolu de la nuit, je vantais à voix heureuse, à voix forte les délices des choses renouvelées, j'annonçais les couleurs

du temps, je prédisais le jour, je dénonçais qu'on y fût encore absent. Intolérante toute plainte m'indignait.

A ma sœur paresseuse je vante en vain le jour qui s'écarquille.

Tu es le seul que je veuille regarder endormi. Pourtant je n'aime pas arriver en retard au jour, que la lumière me surprenne attardée par conséquent fautive...

J'entends l'au-dehors, il faut que je réprime le désir d'y faire irruption entre les persiennes rompues – que je renonce à la connaissance de cette heure précieuse, belle d'incertitudes, soupçons, velléités, temps qu'il fera – *tout* est possible encore...

Mais tu dors. Je te regarde dormir. Je te respire... Il y a le monde unanime, ici le jour, ailleurs la nuit, ici la douceur, ailleurs la violence. Il y a des gens qui s'arment pour mourir de l'autre côté de la terre, et cela m'est égal puisque mon amour aux belles paupières dort près de moi.

La mort ne nous concerne pas.

Peut-être ne t'attends-tu pas à moi... A quel moment de ton histoire vas-tu t'éveiller?

Celui-ci où je t'invite sera le plus doux, crois-moi.

Quand j'ose de mes cils rayer à peine ta joue pour voir si tu t'éveilleras

provocation retenue / à la mesure de ces bêtes infimes qu'on effarouchait tendrement

L'oiseau qu'on abusait en l'imitant, la bête à bon Dieu dont on orientait le vol

Crainte fugitive de n'être pas prête. Pour que cette heure t'émerveille.

Qu'elle soit pulpeuse. Ombre mise en réserve l'été entre les rideaux mobiles et les meubles.

Quand tu n'es pas là, je repose souvent ma joue sur mon épaule.
– Avec tes airs penchés... dit-on.
Avec mes airs penchés, mes mains ouvertes, mes sourires déraisonnables, je joue à être Nous. Je refais et corrige les heures passées, j'invente et représente les futures.
Ma main contre ma nuque, qui soulève mes cheveux, je crois que c'est la tienne.

Le matin.
Reprends-moi.

V

QUAND FINIT notre rage contraire, comme une guerre de désir, quand cessent les tambours que répercute le sang, quand s'achève le pillage de volées d'oiseaux voraces nous criblant de leurs becs mieux qu'ils ne feraient de l'aire aux grains, et que nous nous relevons pauvres, et que nous sommes nus, quand nous croyons que nous avons tout perdu, nous retrouvons nos mains. Nous n'avons qu'elles. Et, sans doute, ces regards rivés dont rien ne saurait traverser le champ, le double vœu d'un baiser sur nos bouches, ton nom si je le dis, nos chaleurs mêlées nous unissent; mais nos mains matérielles nous confortent bien mieux. Il nous semble que, solides, elles portent, soutiennent toute espérance; que mobiles elles remettent l'amour debout, qu'elles l'édifient demain.

Nos mains nous restent, pour nous sauver à chaque fois du désespoir de n'avoir su nous accomplir, nous abolir, pour nous consoler de l'avoir vainement, crédulement tenté. Nos mains nous restent comme elles nous resteront, vivaces, quand nous aurons vieilli, quand nous nous connaîtrons depuis si long-temps, quand nous nous aimerons si bien qu'une caresse sans fièvre, mieux que l'étreinte d'aujourd'hui, nous comblera. Nos mains nous seront chères comme un paysage de notre mémoire, nos gestes auront la beauté des réminiscences; nos gestes seront des anniversaires – une paume renversée vers ton visage, un bouquet fait de nos doigts, et celui-ci, qui joue à suivre le bord de ta lèvre. Nos mains décidément ne se fanent pas, notre jeunesse y dure jusqu'au silence dont nous faisons notre alliance.

Jusqu'au silence d'outre-mort où nous ne les dénouerons pas.

Vivre et mourir s'enchaînant, qui de nous traînera l'autre?

Je ne veux pas être la morte qu'il faut porter!

La morte qui résiste, fait la sourde. Je ne veux pas être la charge qui déchire tes bras; je ne veux pas être la charge, la peine; je ne veux pas être la morte! La plus lourde!

Je veux, te conduisant par la main, te haler dans la suite des jours sans que varie la couleur ni la mesure du temps.

Mes bras sont le fleuve où je te promène. Mes mains font ce bercement. Réelle irréelle navigation mon amour léger n'avons-nous pas toujours vécu dans ce songe docile? Savions-nous d'autre raison que le sillage de nos mains? L'heure où tu meurs ne nous divise pas : je te tiens sans changer; nos mains font l'amour ininterrompu.

Mais je rêve : on nous séparera!
On nous séparera. Comment imaginer que je puisse être privée de tes mains?
Quand je ne t'ai vu depuis longtemps, je suis plus nue qu'un arbre en hiver, j'ai froid comme l'arbre sans feuilles, et le jour et la nuit me sont givre et gerçure. Quand je ne t'ai vu depuis longtemps, j'ai soif de tes mains comme l'arbre de feuilles neuves à la fin de l'hiver,
De feuilles neuves et d'ailes de mésanges.
On nous séparera.
Comment fera-t-on pour défaire la tresse de nos doigts?
Comment fera-t-on pour me détacher? On m'arrachera!
On verra mes doigts à nu. On verra nues mes racines.
On verra mes doigts mes racines coupées.

Comment l'imaginer, que je serai celle qui se noie, dont on écrase les doigts agrippés au radeau, celle qui voudrait vivre dont on tranche un à un les doigts?

Mais je rêve : tes mains mortes seront froides, je glisserai dans leur indifférence, elles ne me retiendront plus.

Elles partiront de moi, toutes tes mains ensemble, mes brusques oiseaux fuis.

Elles tomberont de moi... Que devient leur chair de pétale?

Pas autre chose qu'une statue.
C'est ainsi sans doute qu'on cesse d'être aimée.
C'est alors qu'on apprend qu'on est seule.

Le feu me tiendra-t-il lieu de tes mains?
Le feu, les feuilles, l'ombre végétale,
le feu, la pluie, la forêt,
le feu du vent dans la forêt,
le feu pâle du soleil dans l'eau,
le nuage où je m'effiloche,
le livre qui froisse ma veille de ses pages successives,
l'exaltation des hautes futaies dont m'entoure l'orgue,
d'autres mains? Rien, je le sais.

Rien ne me tiendra lieu de mains. Ah, seulement à le dire (faut-il qu'on livre mes poignets à la hache?), je sens déjà l'excès de sang qui bute sourd aux moignons.

A quoi sert que j'élance mes mains?
Je ne les dépasserai pas.
Toute ma vie tire vers la limite de mes doigts où je souffre de finir.
A quoi sert que j'élève mes mains, ce fiévreux drapeau, pour faire signe de détresse? Celui qui me répond nous leurre :
nos mains comme nous sont mortelles.

Mais je refuse.
Je referai tes mains.
Non que je sache contraindre l'argile, la pierre ou la toile à te ressembler.
J'ai seulement pour nous sauver le langage que je partage avec tous, les mots qui viennent sous mes doigts; je les choisis comme des fruits, pour leur

rondeur et leur velours. Ils font, mis à la suite, volutes, arabesques, ce calligramme où je rêve que j'inscris ton mouvement. Et j'aime que ce matériau soit le plus subtil, le plus fluide qui soit, comme convenant le mieux à l'imitation de tes mains qui sont irréductibles à leur forme; comme convenant à refaire le tissu des caresses avec le jour ancien pris au travers, ou bien ma chair de fille châtaine.

Je referai tes mains!...

... Mais comment l'aurait-elle su? Elle ne le disait si haut que pour se donner du courage. A peine l'avait-elle prétendu, elle en désespérait. Autant vouloir, songeait-elle, saisir l'eau, retenir le vent. Elle fermait les yeux pour mieux voir en deçà de ses larmes, et ce qui lui apparaissait maintenant comme l'équivalent de deux mains amoureuses, c'était la lente combustion de très grands arbres mus par la brise dans la lumière d'un après-midi d'été. Peupliers où l'on entend la rivière. Où l'on voit bruire la rivière sous les espèces d'un vertical ruissellement de médailles. Peupliers comme le ternissement d'un trésor, son usure perceptible dans la durée. Elle les avait regardés, écoutés très longtemps avant de pouvoir se soustraire à la fascination qu'ils exerçaient sur elle. C'était un tel fourmillement... Ce mot, venu à ses lèvres, l'avait libérée : ce qu'elle observait, c'était la vie d'animaux par milliers; ce qui l'assourdissait, le grésillement d'ailes agglutinées. L'arbre vivait comme un essaim. Et l'arbre et l'essaim se confondant, et durant ensemble, ce qu'elle regardait vivre, c'étaient l'espace et le temps. Le temps, l'espace étaient visibles, étaient vivants, elle les regardait à leur source.

Comme elle regardait l'arbre et l'essaim semblable que faisaient les mains de son amant, et le temps, l'espace intimes y prenant source. Dès lors, comment dire les mains sans que chacune de leurs faces ne régénère autour de soi la totalité d'un moment? Comment les dire, sinon comme un miroir où se voir vivre? Comment les dire sans tout dire de soi, de Lui et du monde vécu ensemble? Il faudrait pouvoir isoler le reflet de leur assistance continuelle et furtive, recomposer cette lumineuse symphonie. Comment le saurait-elle?

Mais que ne demeurent jamais dans aucune mémoire, fût-ce mémoire de papier, ces vivants, ces gisants aux doigts liés – cela je le refuse.

Je referai tes mains et les miennes, et nous y serons contenus : nous, nos maisons, nos rivages, nos astres, nos préférences, nous-mêmes jusqu'aux empreintes de nos doigts, jusqu'aux bribes de baisers pleuvant perdues, jusqu'aux secrets infimes qui nous font rire, jusqu'aux larmes sans raison, jusqu'à l'origine et la fin de nos paroles.

Dossier de l'Amant

Note sur la présente édition

A la mort de Mireille Sorgue, aucun texte relatif à *l'Amant,* hormis la célébration de la main, n'était connu du dédicataire même. Les différents morceaux qui composent aujourd'hui l'ouvrage paru sous ce titre furent trouvés non pas rassemblés dans un dossier, mais sans ordre, parmi les papiers de l'étudiante.

Rares sont les fragments qui se présentent d'un seul jet, sans repentir, ou qui ont donné lieu à une mise au net complète. Le plus souvent, une rédaction suivie alterne avec un premier jet extrêmement surchargé; les feuillets de travail proposent des variantes multiples entre lesquelles l'auteur n'a pas toujours choisi.

Une copie qui se voulait fidèle * en fut bientôt faite. Il importait en effet que le public pût très vite prendre mesure de la perte que les Lettres venaient de subir. Il n'importait pas moins que vît le jour, même dans son état d'inachèvement, l'œuvre à laquelle Mireille Sorgue avait consacré tant de ses forces.

En août 1968 paraissait donc, chez Robert Morel, un volume qui sous le titre *L'Amant* regroupait, dans un ordre qui se voulait logique, les textes découverts avec les principales variantes, les ajouts et repentirs.

Dès sa parution, le livre connut un grand retentissement. Il suscita, outre des critiques élogieuses, maintes ferveurs que le temps n'a pas dissipées. Le prix Hermès lui fut attribué en 1969 à titre posthume. Des lectures en furent faites, à France-Inter, en mars 1969, par Nelly Borgeaud et Jacques Toja de la Comédie-Française.

* Elle l'était, si l'on fait abstraction de rares erreurs de lectures et de quelques phrases ou noms propres omis pour faire droit à des scrupules fort respectables.

Depuis longtemps épuisé, il fait aujourd'hui l'objet d'une édition définitive qui diffère sensiblement de l'originale.

La fidélité de la copie initiale est apparue, avec le temps, comme un peu « extérieure ». Devant l'imbrication des paragraphes, le labyrinthe des phrases parfois, en certains feuillets, une longue étude des manuscrits pouvait seule permettre de retrouver, sans grands risques d'erreur, le mouvement de la pensée, l'organisation du morceau.

Une révision minutieuse du texte a donc été menée, avec le constant souci d'épouser au plus près la démarche créatrice. Ainsi fut-on conduit à modifier la place d'une phrase, voire d'un paragraphe, à préférer telle variante, à procéder à telle suppression dès lors qu'un état l'indiquait... Deux ou trois passages qui reprenaient à quelques nuances près un développement antérieur ont été de même retirés ou fondus avec celui-ci.

Revu, corrigé, le texte se voit encore augmenté de deux fragments tardivement retrouvés, et qui ont pris place au chapitre II (Célébration de l'Homme).

Surtout, l'économie de l'ouvrage apparaît profondément différente. Il n'était pas possible en effet de conserver le plan initial après la découverte d'un feuillet où l'auteur avait esquissé l'organisation du futur ouvrage. Nous donnons ci-après, in extenso, le contenu de ce feuillet, lequel doit dater de la fin de 1966 ou du début de 1967.

Anaximandre * :

« Les choses reviennent nécessairement à leur point de départ car lorsque le temps fixé est révolu, elles se rachètent mutuellement la pénitence pour l'illégitimité de leur existence. »

L'illégitimité de leur existence...

Ce désir (cathare) de la mort comme d'un absolu, comme d'une plénitude, d'une perfection : n'exister plus, n'être plus ce corps excessif, ce corps approximatif – injustifié,
ce vivant illégitime...

Qui encore a dit du suicide qu'il est, comme l'amour, une impatience de l'absolu?

* Grand philosophe ionien, né à Milet vers 610 av. J.-C., mort en 547.
« On en arrivera à considérer avec Anaximandre que tout devenir est une émancipation coupable à l'égard de l'être éternel, une iniquité qu'il faut payer par la mort. » (Nietzsche.)

Une impatience de l'absolu...

Elle est sensible, je l'ai dite dans ce fragment de *M[atériaux]* « Improvisation ». Sensible partout chez Goethe. C'est ce mouvement ascendant que je préfère.

Le même – mais patient – chez Platon : cette ascension vers la lumière du prisonnier délivré, cette ascension vers le Bien de l'Amant exigeant.

Une exigence! Une aspiration – Un cri.

Que l'œuvre soit cette figure simple, véhémente, sans repentir,

Que son mystère soit dans sa simplicité.

L'insolite simplicité.

La vie à bout de forces! Et se rendre secrètement coupable d'un crime de démesure pour savoir si les dieux ou les hommes vous en châtieront.

Que ce mouvement existe en chaque fragment et les ordonne entre eux.

Préméditée l'œuvre? La force du souffle, seule intention.

L'œuvre la plus simple sera aussi irréfutable qu'un phénomène naturel.

*

Que sa forme,
Que ce mouvement qui lui donne forme soit exemplaire.

Que ce soit seulement la persévérance, le désir et l'espoir.
Et que qui s'y soumettra en reçoive cela même.
Que le rythme éduque le souffle.

Vivante debout dans l'intimité du soleil.

*

Que l'œuvre me ressemble.
Que je ressemble à l'œuvre.
Qu'elle soit telle que je veux être,
Que mon image me justifie,
Calculée,
Non au hasard.

*

Il faut qu'elle soit une initiation amoureuse, celle-là même que Diotime raconte à Socrate; la développer.

La première chose à dire, la première chose que je sache est la réalité sensible : ce corps, ces mains, ces lèvres.

– Puis je dirai le regard, l'amour à distance.

– Puis je dirai l'amour seul.

Je célébrerai le soleil

Et la mort.

De la richesse apparente au dénuement.

Au commencement il y eut...

Nous nous sommes conformés au plan de l'auteur, à cela près que le fragment (sans doute de 1967) : « Tu es curieux de moi, je le sais », où Mireille Sorgue justifie son projet d'ensemble nous a paru constituer une parfaite ouverture à l'œuvre.

Le chapitre II réunit les quelques morceaux, de longueur très inégale, consacrés à « la réalité sensible ». Nul doute que l'éloge du corps aurait connu un développement bien plus considérable si la mort n'était survenue *. Précisons que *les lèvres* n'ont donné lieu à aucun texte, non plus que *le regard,* qui devait figurer au chapitre III (« L'amour à distance »). Pas davantage nous n'avons trouvé la moindre célébration du *soleil* – prévue pour succéder au chapitre IV (« L'amour seul »).

Quant à *la mort,* elle n'est évoquée qu'à la fin de *La Main.* Considérant que si l'œuvre avait été menée à son terme, l'auteur n'aurait pas maintenu là ces pages, il nous a paru possible de les distraire d'un texte qui fut d'abord conçu comme autonome, pour les placer en conclusion de l'ouvrage. La célébration de la mort qu'on projetait aurait, bien évidemment, revêtu une tout autre ampleur. (En fait, elle est en filigrane de la plupart des lettres à l'Amant.) Du moins, ces pages offrent-elles un écho de la fin envisagée. Par elles, l'œuvre s'achève sur cette plénitude d'écriture qui est la marque du seul texte – *La Main* – que Mireille Sorgue aura pu mener à bien.

* Une partie de la célébration de la Main relève à l'évidence du chapitre IV (« L'amour seul »). Mais, si la fin du morceau nous a paru trouver sa juste place au dernier chapitre (« La mort ») comme indiqué plus bas, aucune autre intervention dans ce texte ne pouvait être envisagée.

Certes, le rassemblement des textes consacrés à l'Amant ne saurait être considéré comme une œuvre accomplie puisque la plupart des fragments, redisons-le, nous sont parvenus très éloignés de leur forme définitive – les mises au net, quand elles existent, ayant un caractère tout provisoire. Mais on devrait mieux voir par cette nouvelle édition la nouveauté et la hardiesse du dessein, les dimensions qu'aurait eues l'édifice, la force et la grâce de l'écriture, et, en un mot, quel chef-d'œuvre se trouva foudroyé.

Que l'ouvrage nous parvienne incomplet, disjoint et, pour une grande part, éloigné du point de perfection où l'auteur l'aurait porté, celui-ci l'avait pressenti, prévu, qui écrivait à un ami, à la date du 8 mars 1964 :

« Vous parlez de mon premier livre, du second, du troisième : sans doute n'y en aura-t-il qu'un, jamais achevé, interrompu comme la vie et avec elle, – car pourquoi vivante devrais-je me taire un jour? Croyez-vous que j'aurai une fois fini? Croyez-vous que je renoncerai vivante à louer la vie, la mort *?... »

* Sur l'un de ses carnets, cette citation de Jean-René Huguenin : « Qui aime la vie aime la mort. »

Genèse et chronologie de l'œuvre

C'est au printemps de 1963, alors qu'elle avait dix-neuf ans, que Mireille Sorgue conçut le projet d'« un grand poème » à la louange de l'Amant. Nous donnons ci-après les extraits de sa correspondance qui évoquent sa résolution d'écrire puis les étapes de la création.

[Pâques 1963]

Demain je veux écrire un grand poème indélébile, à ta jouissance seule, miroir de sorcière où chacun reconnaisse l'autre au centre du soleil. Mais saurai-je? Et comment en aurai-je loisir?

Je veux t'écrire un grand poème indélébile... N'en doute pas, si je le dis si haut, résolument, c'est que de vrai j'en désespère : Je sais toute parole un défaut du silence, comme une bulle dans la masse cristalline. Mais il entre de la volupté dans l'acte d'écrire, et c'est pourquoi je l'accomplirai... Assouvissement...

La voilà donc formulée sans que j'y aie pris garde, la justification que je cherchais, comme ne voulant pas m'abandonner sans résistance à mon désir. Créer pour le plaisir.

« Pour ta jouissance seule », et la mienne, initiale, que la tienne colore par avance, pondère et prolonge. Et je sens bien qu'il serait de pur artifice de chercher à présent d'autres « bonnes » raisons, des raisons « honorables ».

Il m'est égal de mourir toute. Et ce n'est pas tant pour me survivre que pour vivre que je veux écrire. J'écrirai comme on fait l'amour. Qu'une telle conception manque de générosité? Il est vrai. N'en sois pas triste mon amour, je t'en prie, car si la vérité te faisait du mal, je serais tentée de l'omettre.

[9 mai 1963]

... Je ne t'ai pas dit, c'est vrai, comment je trouvais sa page sur la main [1]... Saisissante – Mais j'écoutais avec un demi-sourire songeant à ce que j'en dirais, à ce que je dirai... La paume offerte au petit Prince, mais encore les doigts déliés, experts effeuillant un soleil noir – ramant une eau profonde...

Et de ces mains auxquelles je me remets, oui je dirai – sur tel cahier bleu, la douce autorité... Ô, Persuasives.

[15 mai 1963]

Tu t'étonnes de ne pas m'entendre dire : « Plus tard il faudra que j'écrive. » Qu'ai-je besoin d'affirmer aussi péremptoirement une vocation future certaine? J'écrirai lorsque j'aurai trouvé, les ayant longuement cherchés, mes moyens. Il faut apprendre à parler, apprendre à voir, à donner à voir. Et je sais que tu m'y aideras. Il faut encore faire choix d'un thème, ou d'une ligne selon laquelle ordonner toutes les choses que l'on veut dire (...)

[25 juin 1963]

...j'essaierai, cet été, ou bien demain, dès que le désir d'expression se fera assez impérieux. Je crois que je vais commencer à parler de Toi. Je peux parler de Toi. Pourvu que l'on me laisse seule et que je demeure recluse, sans cure du temps qui passe, terriblement attentive, embusquée... Alors je t'aimerai mieux encore, et je te posséderai en te nommant.

[29 janvier 1964]

... Oh, mon amour, je voudrais faire quelque chose de beau (...)

1. Il s'agit d'un extrait de *La Femme cachée,* de Colette, qui figure dans un disque consacré à cet écrivain (col. « Leur œuvre et leur voix », Festival).

[31 janvier 1964]

Simplement, par moments mon relatif isolement me fait pressentir les exigences de l'œuvre future, ou tout au moins de l'œuvre désirée – oh, je n'écrirai pas facilement – ni paresseusement ni délectablement : il faudra je le sais le noir et le silence et que je sois loin de toi. Et peut-être devient-on fou... Et peut-être à la fin ne se résigne-t-on à rien – car comment ne pas trahir, comment ne rien amoindrir?

Quel paradoxe que de devoir s'enfermer, se retrancher, se nier, pour dire le soleil, l'amour, le goût d'être... Et pas d'autre justification que la nécessité, la contrainte – et chaque révolte plus durement réprimée,

Oh, comprends-tu? Et rien qui vaille.

[28 septembre 1964]

Hier soir je pensai à l'œuvre qu'il faudra mettre au jour. Je pensais à son architecture, à son mouvement (...) Mais je voudrais ne t'en parler que lorsque j'aurai éprouvé cette idée, lorsque je serai sûre que c'est cela que je veux, ce qu'il faut que je fasse. Je crois que ce ne peut être essentiellement qu'une Éducation Sentimentale – mais pas seulement cela. La plupart des œuvres de ce genre sont aussi des « Éducation Sociale », ce que je ne peux faire (n'en ayant d'ailleurs pas envie). Il me semble que j'écrirai parallèlement une sorte d'éducation poétique, et, en un sens, religieuse. Seulement je sais très bien qu'il ne faut pas que je t'en parle encore car le sentiment d'humilité, de confusion que j'éprouverais à exprimer ces velléités créatrices, m'y ferait renoncer. Parce que ton jugement est celui qui m'importe, si je te soumets jour après jour chaque page, les scrupules me feront douter de chaque mot, et je n'écrirai rien du tout. Je crois donc, moi qui pourtant ne sais rien te dissimuler, qu'il faut que je sois très seule dans l'acte d'écrire, au début tout au moins. Je te dirai seulement, lorsqu'il sera clair, défini, mon projet, qui est celui d'un seul et très long livre. Peut-être se passera-t-il des années – toutes mes années d'études – avant que je dispose quotidiennement de temps et de forces à y consacrer, mais cela sera déjà bien avancé si je sais exactement et dans le détail ce que je veux faire.

[25 octobre 1964]

... Écrire, ce souci-là me déchire, que je ne peux apaiser, que je n'apaiserai de longtemps, dont longtemps encore tu devras me consoler. Quel désir est le mien, et quels obstacles j'y trouve, car je n'aurai pas même une heure de chaque jour à offrir à son assouvissement... J'essaie de lire, puisque je le dois – mais à peine ai-je parcouru une page de tel ou tel autre, que leur exemple m'exaltant, j'étouffe de tout ce moi inexprimé. Mais si je ferme le livre et prends une feuille blanche, je me trouve alors très vaine et vide, impuissante à créer, découragée par la certitude que le lendemain je ne pourrai continuer. Et cela me fait mal à la fin de ne pas faire ce que je veux. Je me suis brusquement levée, laissant sur ma table le *Journal* de Charles Du Bos dont je n'avais relu que les premières pages, j'ai pris le grand cahier bleu que tu me donnas naguère, et j'ai rageusement écrit une demi-page [1] qui ne se voulait pas belle et ne l'est pas, et que je regrette déjà d'avoir produite tant elle me montre quelle est ma médiocrité. Ah je sais que je ne dois, que je ne peux avoir, l'année durant, d'autre souci que celui de l'examen à réussir, que la tâche est longue pour laquelle tout mon temps ne suffira qu'à peine – je n'exagère rien – Je croyais m'y être résolue, et voilà qu'aujourd'hui j'ai dû en convenir, durement contrainte. A quoi bon donner cette heure pour tel acte qui ne veut se nourrir que du temps tout entier! Oh, vois, quelle exaspération est la mienne, et plus grande ma colère d'être inutile et vaine... Ce soir, demain, après les cris je me résignerai – Mais je ne suis pas véritablement humble et mon silence est amer, non serein. Car à force de ne rien faire, on se soupçonne incapable de. Et puis c'est plus qu'un soupçon; la création, tu le sais bien, ne s'achève qu'à force de travail, d'exercice – quand, quand commencerai-je? (...) Un peu plus d'audace, un peu plus de vigueur, et je me révolterais, et je choisirais les veilles longues, le café, le vertige, la désaffection de toutes choses, le désordre autour de moi, sur moi, et j'écrirais, enfin, dussé-je sembler folle ou ridicule, intolérablement négligente, et très ignorante des matières du programme en juin prochain... Mais non! Je me ménagerai, me coucherai ponctuellement à dix heures, serai

1. On la trouvera en tête des « Matériaux pour *la Main* ».

comme par le passé attentive aux cours, ordonnée dans mon travail, soumise, et j'obtiendrai (ou n'obtiendrai pas) une mention à l'examen prochain. J'ai vingt ans, cela doit me suffire n'est-ce pas, cela doit me consoler?

[5 février 1965]

Je t'écrivis ce matin, avant le soleil, dans la clarté d'une joie neuve. (...) J'ai emprunté hier à la bibliothèque universitaire le choix de poèmes [de Rilke] de Seghers et hier soir après le dîner, gravement je me suis disposée à entendre cette voix que je savais fraternelle et vivante. Mais le souvenir que j'en avais était faible, imprécis. Oh, les larmes de tendresse qui furent miennes, à l'accueil de ces paroles essentielles. Cette reconnaissance! Si je ne t'envoie pas les quelques lignes écrites ce matin sur ce sujet, c'est que dans leur incohérence elles restituent bien trop imparfaitement la nature de mon émotion, et qu'il me paraît sacrilège de parler approximativement de cette œuvre, de ses accents, de sa puissance...

[9 mars 1965]

...je vais te dire un secret puisque je n'en peux avoir pour toi – mais tu l'oublieras très vite et tu ne m'en reparleras plus, s'il te plaît, car il faut que je fasse cela toute seule. Mais il est temps, oui. Pour conjurer vieillesse et féminité!! Si je suis reçue au mois de juin, je passerai ces vacances à écrire. Je sais sur quoi, mais permets-moi de ne rien te dire. Si je suis reçue? Ma foi, peut-être aussi, surtout, si je ne le suis pas. Je te le dis pour que tu sois content. Peut-être est-ce le printemps qui m'anime ainsi, la belle saison proche...

[11 mars 1965]

...il faut m'aider! Je t'ai promis dans ma dernière lettre une chose que je trouve presque impossible dans mes moments de résignation, mais devant laquelle je ne dois plus reculer. Je la répète aujourd'hui pour qu'il ne me soit plus possible, le temps venu, de m'y dérober, pour que tyranniquement tu m'y contraignes, sans aucune indulgence (...) Quand j'y devrais perdre le peu de raison que j'ai et mes forces, j'ÉCRIRAI, POUR DE BON, cet été. C'est une entreprise déraisonnable et peut-être mortelle, moins mortelle pourtant que ce dégoût que j'ai de moi-même, ce sentiment de démériter chaque jour, de ne pas valoir l'amour que tu me donnes... Sans doute le bonheur dans cet amour devrait me suffire, me combler, et cette épreuve épuiser mon exigence; mais j'ai trop le sentiment de mon indignité pour jouir passivement de cette grâce que tu me fais, pour croire vraiment que cela peut durer ainsi... Tu m'as jusqu'ici surestimée; il me faut changer l'erreur en vérité, en justice ou me haïr et te décevoir.

Ce n'est pas par secret que j'ai tu, depuis quinze jours que je le sais, le sujet qui m'occupera, mais par humilité et défiance de moi-même. Je t'en prie (...), puisque moi-même, seule, je ne l'ose, prends-moi au sérieux, et harcèle-moi, force-moi à donner forme et réalité à ce rêve, oblige-moi à l'avouer, puis à persévérer dans ma folie. Il faut qu'au premier jour des vacances tout soit exactement décidé! Je crois que j'ai besoin pour commencer d'une contrainte, de règles et de limites que nous fixerons ensemble. Mais pour ce que je *dois* dire, je le sais déjà; je te raconterai comment cela a éclaté en moi soudainement et m'a soumise... (...) S'il te plaît, ne me laisse plus en repos...

[15 mars 1965]

... Après trois jours de travail, mais il est vrai que samedi je m'interrompis souvent – je suis enfin parvenue à savoir exactement ce que je veux et dois dire, mais je n'en ai plus les moyens; je n'ai plus le pouvoir d'organiser les mots de façon cohérente, le langage m'échappe, je touche à la folie! Excédée contre moi! Ce qu'il faudrait, à présent, c'est laisser cela, ne le reprendre que dans quelques jours; peut-être alors pourrais-je mener la tâche à fin, et cela serait du bon travail. Mais il fallait rendre le devoir ce matin, et je ne suis pas même allée au cours. J'ai honte (...).

[30 juin 1965]

Je voulais hier matin te parler de résolutions importantes; tu devines lesquelles : il faut ouvrir maintenant les beaux cahiers vierges. Cet accablement tenace m'empêche de le faire immédiatement. Mais je sens que c'est devenu nécessaire, et qu'il me faut donner des gages à ta confiance. Je sens qu'il me faut acquérir une certaine dimension, dont je ne suis pas apparemment douée. C'est exigence de ton amour que cet agrandissement que je te promets. Et moi aussi, je dois me refuser au plaisir – peut-être même au bonheur, je dois refuser l'enlisement au sein d'un réel trop savoureux, je dois me séparer, prononcer mes différences. Cette heure n'est pas sans angoisse, sans déchirement; amertume incertaine, dont je ne sais si elle cause mon désir d'écrire, ou si elle en résulte; malaise toujours à l'approche des paroxysmes, des saisons violentes, dévastatrices. « Cette heure entre le printemps et l'été [1] » n'est pas heure sereine. Je me sens me précipiter... Préféreras-tu cette fille violente à la petite épouse d'accablante sollicitude? Je ne sais si tu dois souhaiter son avènement – l'art culinaire lui importe peu, comme l'art ménager – et rien en elle de la douceur des vierges romanes. J'étouffe d'elle. Fille qui naît à la rencontre de Gordes et de la mer. Toujours cette insolence douloureuse et secrète...

(En juillet, Mireille Sorgue commence à réunir des « Matériaux pour la Main ». A partir du 4 août, elle s'essaie à une rédaction suivie.)

[3 septembre 1965]

J'aime que septembre commençant ait ce goût d'hiver déjà; j'aime que la saison s'accorde à mes projets secrets, que pluie et froid m'enferment dans la chambre où je veux demeurer pour écrire. Mes premiers mots en liberté sont pour te dire mon impatience d'être à la tâche. Et ceci d'emblée, dont tu seras heureux : je ne me remettrai à l'école que lorsque j'aurai terminé ce que je nous ai promis; je veux que cela soit plus important que tout, je veux avoir confiance en moi, pour la première fois parler à voix haute. Tout devrait être plus facile ensuite. Septembre, octobre, novembre s'il le faut, je prendrai le temps nécessaire à l'achèvement. Mes « études » forcées sont plus vaines que cet effort pour naître. Si j'étais un garçon je romprai peut-

1. « Cette heure qui est entre le printemps et l'été... » est le premier vers de *La Cantate à trois voix* de Paul Claudel.

être avec tout ce qui n'est pas moi, nous. J'y veux parvenir bien qu'étant fille (...).

[4 septembre 1965]

(...) Je veux te dire tout de suite que selon ton vœu, selon ma promesse, j'achèverai cette célébration. Cela vient, cela vient mieux. J'y emploierai les heures les plus favorables, le commencement de la matinée, j'y dépenserai mes meilleures forces... En rouvrant mon grand cahier j'ai été surprise par certaines phrases, certaines images, que je ne croyais qu'approximatives, et qu'il ne faut presque pas modifier; je m'efforcerai de les préserver. Quel que soit le sort de ces pages, l'exercice sera je crois salutaire; peu à peu je me délivrerai de cet excès de scrupules, de cette pusillanimité qui m'entrave. Il faut que je parvienne à m'exprimer toujours avec la liberté, l'élan qui sont miens lorsque je t'écris. Il sera beau de faire des progrès. Peut-être plus tard relirai-je avec confusion mes cahiers d'aujourd'hui. Mais il n'est pas mauvais d'être d'abord naïve et de se découvrir avec lenteur (..); il me plaît d'être apprentie.

[24 septembre 1965]

(...) Du moins sauras-tu quelles difficultés furent les miennes. Il est temps maintenant que je finisse, cela m'irrite un peu. J'ai dit – dans quinze jours; trois ou quatre suffiraient si je n'étais fatiguée; en vérité je ne travaille vraiment qu'une ou deux heures par jour, et le reste du temps je rêve! Texte vraiment bref. Puis, je doute que R[obert] M[orel] l'accepte, mais tant pis. C'est par cela que je commence, je ferai de grands progrès.

[27 septembre 1965]

(...) Je travaille mal, distraite, interrompue, sollicitée... Je pensais hier soir que tu trouverais peut-être que j'ai éludé les difficultés. C'est tout un amour, tous les gestes de l'amour que j'évoque autour de nos mains, leurs mains, si bien qu'on pourrait croire qu'elles ne sont qu'un prétexte. Pourtant je ne peux faire autrement : c'est de mains possessives qu'il s'agit, je ne peux parler d'elles qu'en disant les richesses qu'elles amassent. Peut-être aussi aurais-je eu besoin de plus fréquentes... répétitions!

[30 septembre 1965]

Est-ce parce que la famille, les voisins, les maux de rien du tout, m'ont un peu plus accablée qu'à l'ordinaire ces derniers jours? Je me sens toute chose, un rien découragée. J'ai découvert que j'écrivais un éloge du climat de l'amour, beaucoup plus que de la main amoureuse, j'ai découvert qu'il n'était pas possible que je sois contente de ces pages, et je me suis demandé si j'oserais te les montrer. Je le ferai pourtant, pour que tu saches mes misères et m'en consoles.

[15 octobre 1965]

(...) Tu ne me dis pas si tu soignes ton poignet? Sais-tu qu'hier soir pour la première fois j'ai senti cette glorieuse crampe? C'était à la fin d'une journée presque exclusivement consacrée à la copie du texte quasi définitif sur le beau cahier vert. (Si, si, je tiens à ce que ces pages ressemblent à un cadeau, je ne veux pas que tu les lises sur un brouillon. Du reste, cet exercice est davantage une dernière lecture attentive et corrigée qu'une simple calligraphie. Je te ferai part tout à l'heure honnêtement de mes impressions d'auteur.) Le dernier mot avait été dit la veille, mercredi soir, peu après le dîner (...)

...

Voici le moment venu de dire ce qu'il m'en semble. Ce n'est pour moi qu'une eau fade. Je me souviens seulement que j'ai aimé tels passages à leur naissance. Je me souviens encore que telles phrases, celles qui sont venues le plus naturellement, m'ont parfois étonnée par l'audace, l'impudeur spontanée qui me semblaient y être révélées. Je crois que je mérite moins ici le reproche fait au sujet des pages sur la mer [1], et que je sens très justement fondé, d'un degré d'élaboration ambigu. Je voudrais que tu sentes que certaines phrases ont jailli, et que je ne les ai pas retouchées. Je ne veux pas prendre trop de précautions oratoires – signe d'un

1. Allusion aux pages écrites à partir de notes prises au bord de l'Océan, le 15 août précédent.

esprit inquiet! Avec un autre que toi, par amour-propre je n'en prendrais aucune. Mais à toi je peux dire mes raisons, mes scrupules, n'est-ce pas? Je veux m'expliquer sur ce qui pourrait sembler absence d'unité de ton : j'ai voulu ce passage de la 3e à la 1re personne, j'ai voulu que l'éloge devienne toujours plus direct, plus nu. J'ai voulu que la célébration consciente soit comme introduite et justifiée par une sorte d'évocation de plus en plus fervente. Si ce passage du « elle » initial au « je » déconcerte, apparaît comme une rupture, cela signifiera seulement que j'ai été maladroite. Mais je n'en changerai pas pour autant ce que j'ai fait, l'ayant voulu. Que l'on passe d'une phrase longue, lente, peut-être confuse comme les rêveries du réveil qu'elle rapporte, au cri sans apprêt, je l'ai désiré. Pour moi je préfère la fin. (...) Il serait lâche à moi de m'excuser de ce que j'ai fait quand je peux m'expliquer sur chaque mot ou presque. Lâche d'invoquer la lassitude. Ce n'est pas par exténuement que je m'arrête : j'ai fini. Cela ne signifie pas que je n'ai plus rien à dire – bien au contraire! Cela veut dire que j'accepte que l'on me juge sur ceci. Et toi d'abord. Ce n'est pas par puérilité que je dis que j'ai très peur. Sans doute tu me connais. Mais me voici vraiment tout entière visible, et dans la moindre de ces phrases. Elles sont, je le crois, le produit de l'adolescence excessive : excessive fougue – ou excessif dénuement. Mais que tu aimes une seule de ces pages, et je serai consolée de cette grande insatisfaction que je ressens. C'est de l'ombre de nos mains que j'ai parlé, de leur reflet constant mais furtif. Je n'ai su les fixer...

Je ne veux plus te faire qu'une prière. Tu recevras ce cahier mardi ou mercredi. Lis-le avec lenteur et à mi-voix comme il fut écrit. (J'aurais voulu des points de durée variable, comme les pauses musicales.)

[19 octobre 1965]

(...) Puisque tu as du travail cette semaine, je prendrai le temps de procéder aux ultimes « aménagements » avant de te remettre moi-même ce cahier auquel je me suis appliquée comme à mes devoirs d'autrefois. (Le titre en est : Pour une célébration de la main amoureuse.) Je ne le relis pas, je ne le pourrais sans ennui excessif. Mais il est le produit de tant d'heures de ferveur que je voudrais qu'il ne te déçoive pas trop. Je tiens à ce que tes corrections figurent sur ce cahier – et d'ailleurs je n'ai pas d'autre copie des quinze premières pages, ayant il y a longtemps supprimé tout brouillon (sauf bien sûr les notes brutes contenues dans le grand cahier [1] d'Agde).

Robert Morel publiant une collection *Célébration,* Mireille pensa que son texte pourrait y trouver place et elle adressa donc, en octobre 1966, son manuscrit à l'éditeur. Celui-ci, frappé par la qualité de ces pages, écrivit aussitôt à l'auteur qu'il n'envisageait pas de les faire paraître dans sa collection mais à part, dès lors que d'autres textes viendraient les compléter, de sorte qu'on ait une évocation de l'Amant tout entier.

Au reçu de cette réponse, Mireille écrivit à l'Amant (10 février 1966) : « Il est vrai que cette Célébration candide et fervente n'est pas dans le ton d'humour léger de la collection; trop de lyrisme ici. Il est vrai que ces pages sont un commencement – ou plutôt un fragment d'une œuvre que j'aurais voulu ne donner qu'entière. Que l'on m'exhorte à l'écrire me fait plaisir, puisque cela s'accorde à mes intentions. Ce qu'ignore R. M., ce que je lui dirai si tu me le permets, c'est qu'il y faudra plusieurs étés. Mais que ce premier gage que je donne, que j'ai voulu nous donner, ne soit pas immédiatement publié me soulage; je n'attendais surtout qu'un jugement, et tu vois qu'il est très favorable; cela suffit à m'affermir dans mes résolutions. Je n'ai besoin que de cette confiance que l'on me donne. Que je sois libre dans cette œuvre, et non liée par ses états passés; libre de tout reprendre, de tout refondre... N'envoyons ces pages à aucun autre éditeur si ce n'est pour avoir un avis. Si elles sont bonnes aujourd'hui, elles le seront tout autant dans un an, dans deux ans. »

Dans la lettre suivante (18 février), elle revient sur ce sujet : « J'ai répondu à Robert Morel, honnêtement. J'ai dit que je travaillerai, mais qu'il faudra beaucoup de temps. Après une longue réflexion, mon avis est qu'on attende l'automne. Vous avec confiance. Moi, avec force. Au mois de juillet, je recommencerai à écrire. En trois mois, je n'en ferai guère plus long que l'an dernier, mais je crois que cette célébration nouvelle donnera plus de valeur à la première, qu'elles s'achèveront l'une l'autre. D'ailleurs je prendrai le temps qu'il faudra : octobre, novembre... Robert Morel a raison d'attendre de moi autre chose, d'autres

1. Celui où figurent les « Matériaux pour *la Main* ».

preuves. Je les donnerai quoi qu'il m'en coûte. Robert Morel a raison de ne pas vouloir publier ces pages seules, il faut que je travaille encore, l'œuvre n'est que promesse. Il m'importe peu, très peu vraiment que l'on me connaisse dès aujourd'hui; je le redoute même, cela me lierait; je ne veux, pour ce qui est de l'œuvre, répondre à aucune autre attente que la mienne. Tu me réclames des satisfactions d'amour-propre, et je te les refuse, comme à moi, par orgueil. Que la confiance nous suffise. Tu sens bien que j'ai raison. Comme il n'est pas possible que j'écrive assez pour en vivre, le succès ne m'importe pas.

Nous parlerons de cela plus longuement, je te dirai mon projet. Ce n'est pas comme tu l'as cru de faire une suite de blasons du corps de l'homme... Veux-tu attendre sereinement que je m'explique? Je te convaincrai. »

Enfin, dans une lettre du 28 février, figure cette parenthèse : « (L'œuvre entière racontera la croissance du désir). »

Au printemps de 1966, Mireille Sorgue, souffrante, doit se reposer. Mais, dès le mois de juin, on la voit à nouveau préoccupée par l'œuvre à donner :

[7 juin 1966]

Aide-moi, je t'en prie, aide-moi à sortir de moi : écrire n'y suffit pas, écrire ne me délivre pas assez de moi, de « ma charge d'humanité » – de « ma charge d'éternité » [1]. Écrire accroît mon orgueil, et cet orgueil me tue qui me fait mesurer ma faiblesse, qui me fait comme autrefois petite fille pleurer de n'être pas plus puissante. Cette célébration qu'attend Robert Morel, sans doute je l'achèverai – mais je ne sais quand ni comment. Pour ce qui est de la tendresse, je connais ce dont je parle, ce dont je parlerai – durant mon loisir.

[4 décembre 1966]

Écrivant à Robert Morel, j'ai demandé un répit pour me retrouver.

1. Saint-John Perse, *Poésie (Discours de Stockholm).*

« J'aimerai mieux quand j'irai mieux et quand j'irai mieux j'écrirai. » Et je vais mieux, c'est tout à fait sûr, donc...

[12 décembre 1966]

J'ai mis au point un superbe emploi du temps, réservant au moins deux heures quotidiennes à l'écriture – soit dès l'heure du réveil, soit le soir après le dîner, et prudemment je n'ai rien prévu pour le samedi après-midi!

[20 décembre 1966]

Quand tu m'as demandé le titre de ce que j'écris, je t'ai répondu mi-sérieuse, mi-plaisantant « La Semaine ». Je voulais parler du temps pendant lequel nous nous attendons. Un beau sujet, dis? Tu peux chercher un titre qui te plaise.

[25 juin 1967]

Moi je ne m'ennuie pas, peut-être parce que je pense à toi sans cesse. Il est vrai qu'hier je ne t'ai pas écrit, mais j'ai écrit... pour toi, sur toi, n'en es-tu pas content? Tu diras sans doute que ce n'est pas de la poésie! Pourtant cela n'est pas de la prose... Je ne sais pas, ou plutôt je ne sais plus, sitôt qu'elles sont écrites, ce que valent ces pages. Je résisterai au désir de te les montrer, il ne faut pas que tu les corriges; je ne dis pas cela par orgueil mais tu ne peux être à la fois... la muse et le censeur; pour que j'écrive bien, tu peux beaucoup : aime-moi avec force, et je t'aimerai si fort à mon tour que j'aurai besoin de le dire.

Je suis étonnée et heureuse de la facilité avec laquelle j'ai recommencé mes louanges, et du plaisir que je prends à... composer. Je voudrais n'avoir à faire que cela, le reste m'impatiente (...)

...

– Je te donne ceci qui n'est pas un poème mais une surprise et une promesse. Cela s'est inscrit très vite ce matin sur une feuille sans que j'y sois pour rien, et en en prenant connaissance j'ai pensé aux nuits de Lioux :

L'amour allume les fontaines
La Provence est illuminée

Nos mains nourrissent des rivières
Le platane nous berce morts
La soif m'éveille
Mon amour dort.

On peut varier, jouer à changer les mots et voir ce qui en résulte

La nuit coule dans la fontaine
La Provence est illuminée... Le platane berce les morts

Tu diras que ce n'est pas sérieux. C'est vrai. Je dois faire des efforts...

Puisque je ne t'envoie pas ce que j'écris pour toi, et où je dis comment je t'aime,
il faut que je l'écrive ici, et je le dirai mal, bien sûr. (...)

***

A l'exception du fragment « ... Elle se devinait (sous ses bandeaux)... * » qui est du 25 octobre 1964, aucune page de *L'Amant* n'est antérieure à l'été de 1965, époque où la célébration de La Main est composée. (Commencée en juillet, en Provence puis à Agde, elle est achevée à la mi-octobre.)

De juin 1966, on peut dater la suite des textes sur le thème de la tendresse (chap. IV); de l'automne suivant, la majeure partie du chapitre III (« L'amour à distance »).

L'activité créatrice reprend en juin et juillet 1967 et c'est alors que naissent les trois premiers textes sur le corps de l'homme et la plupart des fragments du chapitre IV. L'un d'eux, « Mon pauvre amour, tes yeux hésitent » peut même être daté, avec précision, du 25 juin.

Moins de deux mois après, Mireille Sorgue disparaissait.

* Fragment reproduit page 163.

Variantes et ajouts

I

« Tu es curieux de moi, je le sais »
Au verso du second feuillet, ces lignes :
Ce sera comme si je te redonnais à la fois tout...
On cherche, on précise, on corrige

II

« Au premier soir de l'été » *Le texte porte le titre* Célébration de l'Homme.
Variante, biffée : Ingrate envers les femmes qui veillèrent sur mon enfance et font encore ma vie si douce, envers les femmes qui ont soigné ma faim (...)

•

« L'amant docile se couche »
A la suite de la troisième phrase, ceci, barré : Et tandis que pendu à son ventre son sexe s'alourdit contre le lin, je le regarde qui me tourne le dos.
Variante de la neuvième phrase : Il me nourrit d'une odeur de foin noir et de vase, épaisse, onctueuse comme un humus.
A la suite de l'avant-dernier paragraphe, barré : Je mesure la saine croissance / qui se repose sur ces lignes sans mystère. / Lorsqu'il se retourne et se dirige vers moi, arborant son désir avec une jeune fierté, c'est à peine si je tremble dans l'attente d'une imminente intrusion. Et je sais qu'il aura très vite raison de moi.

j'admire et je redoute la promesse d'un orage
que j'ai voulu et je tremble

L'homme est fermé. Ma langue est trop brève.

Au verso d'un feuillet de travail : Quand se défronce et s'ouvre l'anus géant des vaches pour une irruption horrible et voluptueuse.

Bleuet bouche froncée comme celle des vieilles femmes.

III

« Mon amour, je peux bien te le dire »

Variante du troisième paragraphe : Je n'ai pas grandi avec des frères. Ce fut une grande surprise, quand nous nous sommes couchés ensemble, de découvrir sous mes doigts, une peau aussi douce que la mienne, aussi chaude, aussi vulnérable aux ongles, une chair qui avait eu comme la mienne son enfance, qui en gardait encore la souplesse. Je suis allée vers toi les yeux fermés; j'ai découvert en aveugle qui apprend les formes, le grain, la finesse, la densité des matières. Mes yeux m'avaient appris bien peu du corps des jeunes hommes.

•

Un feuillet de travail comporte, à la suite, les lignes suivantes, non biffées, mais non reprises (à l'exception de la dernière) : Mais quand j'ouvrais tes lettres, une brève morsure acide, comme un doigt qui m'aurait effleurée, me dérangeait. Mon attention en dissipait le souvenir. J'appelais cela désir, je n'osais l'appeler désir; tant de fugacité, ce caprice qui le faisait se dérober à ma volonté, m'inquiétait.

J'étais si vigoureusement jeune que rien ne troublait ma silencieuse croissance. Je ne savais pas qu'au-dedans aussi les filles fleurissent.

•

« Les boueux passant sous mes fenêtres »

Au bas du feuillet, cette ligne nettement détachée : Debout, ce par quoi je ressemble aux arbres.

•

« Il la quittait pour quinze longs jours »

Au verso du cinquième et dernier feuillet : Tu es le matin des matins
Intermittent comme le matin.

•

« La nuit de décembre entre dans la ville »
Variante du début : (...) elle ne s'étonnait de l'ombre qu'à l'heure de rentrer chez elle. Elle en avait ressenti [vaguement] le progrès sournois aux variations de la teinte des vitres, mais comme d'une crue lointaine, qui ne l'atteindrait pas.
Variante de la page 91 : Et montant l'escalier, de bonheur elle s'étirait jusqu'au bout de ses pas, jusqu'au bout de ses bras, se forçant à la lenteur, à la dignité et réprimant pour mieux l'éprouver son désir de franchir en courant les marches dernières.
Sa joie l'accompagnait.

•

« A cause d'une phrase de ta lettre »
Le dernier feuillet porte, en haut, ces lignes : Vers qui mes actions de grâces? Mains de mousse. Ce diamant brut qui veut naître hors de la gangue de mon ventre et qui brille si près de la surface
Et, tout en bas : Si tu étais dans ma maison je ne te désirerais pas ainsi, car j'aurais déjà ton image pour mon rassasiement.
Au lieu que maintenant j'ignore même comment tu es et quel est ton nom.

•

« Assise dans mon lit »
Variante de la page 103 : Cette pesanteur est ma seule honte.
Fragments relevés dans divers feuillets de travail :
Mon beau désir se développe
Mon attention ne le contrarie pas
Rien n'en contrarie le développement

Ton nom passe où tu passes
Ton nom te précède

Les yeux fermés, j'ai de la lumière
L'étoile gouverne le corps indécis
  une étoile proche une étoile sûre
la nuit bouge encore autour des murs

A cause d'une phrase de ta lettre, je n'étais pas libre aujourd'hui.

Je ne t'ai pas toujours aimé aussi bien qu'aujourd'hui.

IV

« A l'imprévu, au détour d'un de ces gestes »
En marge de la première ligne : Violence Désir III

•

« J'écoute en moi l'homme qui s'évertue »
Variante : avec la lenteur et la grâce d'un grand arbre. Il me jonche et son poids fait de moi...
Sur un feuillet de travail, ces lignes : L'homme net entre moi. Il me sert de tuteur et se dévoue en vain jusqu'à la mort.
Par charité parce que j'ai soif, tu portes sur mes lèvres les sucs que tu pris à mon ventre. Tu reviens du bout de moi...

•

« C'est une vieille histoire »
Variantes biffées :
Comme l'épouse antique pour le retour de l'époux
je te conduis sur la pourpre
et je te tue dans le bain
avec tes propres armes
Tu gis sur le seuil du palais retrouvé Innocent
Celle qui t'aime te trahit.

•

« Mon pauvre amour tes yeux hésitent »
Après Mon pauvre amour aux yeux défaits, *ce vers barré :*
Comme un petit enfant étonné de souffrir.

•

« L'amant véhément se rend à l'amante »
Sur un feuillet, cette variante :

Mon unique fenêtre Mon amour mon espoir
Ma fenêtre blessée
D'empreintes de morsures, de baisers, d'étoiles, de salives
Je veux te refleurir, te peupler
Je suis plus forte que la mort.

•

« Tendresse »
Le fragment est précédé de cette ligne : Des matins vert-Dufy pour t'y baigner

•

« J'écris au moment de tendresse de l'année »
Le feuillet porte en marge : Tendresse II
Il contient le passage suivant :
Tes lèvres dédiées reliées appliquées –
courbe de lettres majuscules tracées pour
le plaisir avec exactitude
Vœu d'être oiseau
Des miennes je n'ai jamais eu le souci,
mais faim parfois à me remordre avec douceur
Lèvres sans insistance pour un usage quotidien

•

Peuvent être rattachées au thème du chapitre IV ces lignes qui occupent tout un feuillet :

L'homme feu d'artifice
en l'honneur
de
tes fesses
l'homme – paon
s'ouvre et meurt
dans sa queue
de couleurs.

Ébauches pour la Main

Les ébauches du seul fragment achevé (la « Célébration de la Main ») figurent essentiellement sur un cahier de format 22 × 28 intitulé « Matériaux » et qui comprend vingt pages de notes prises en juillet 1965. Suivent trois pages d'essais de rédaction du début de l'œuvre.

On trouvera ci-après la totalité de ces ébauches ainsi que, les précédant, la page écrite sur un autre cahier, le 25 octobre 1964, et dont il est question dans la correspondance.

Elle se devinait (sous ses bandeaux) et choisissait sa voie habituelle;... et c'était aussi le deviner, et le choisir... Elle le devinait, bien qu'il ne tînt à elle que par cette prise fragile qu'il eût été aisé de rompre sans même qu'il s'en aperçût. Rayon qui parlait au cœur du fruit de son écorce appelant le soleil, rayon qui parlait du printemps au cœur de l'orange : elle le devinait à peine distant d'elle, écorce comme de soleil précipité, durci... sous laquelle mûrissait leur secret. (Écorce réfléchissant, rassemblant en faisceau la chaleur, la faisant converger vers elle. Écorce – mais aussi fourrure de bête hibernante, de petit loir dormant dans le nid de sa fourrure... Elle le savait massé autour d'elle, corps de profil, creusé comme était aussi le sien, d'une courbe seulement plus vaste dans l'accueil de laquelle elle se logeait, préservée, – comme aux jours de grand vent dans un creux somnolent de dunes où ruisselle, s'amasse et stagne la chaleur. Paume. Couvée... Elle savourait comme une tendresse de graine recourbée autour du germe bref, tiédeur de coque maternelle. Adossée à lui, membres repliés, n'avait-elle pas retrouvé, d'instinct, la position de l'enfant à naître? Elle tenait à lui comme l'enfant au ventre de sa mère, et pendue à lui, se gorgeait de lui, de son sommeil, réserve dont elle (é)puisait les sucs qu'elle aspirait par cette unique racine... – se gorgeait insatiablement et rêveusement de lui.

Matériaux

au seuil du cahier vierge / au seuil des marges interdites /
tous les possibles à vouloir / tous les possibles à choisir /

– loisir!
– non l'espace fluide où l'essor facile jaillit s'épuise et renouvelle nonchalamment sa courbe
mais sur ma face que ronge un vent plus libre – liberté corrosive –

<table>
<tr><td>durcissant mon regard neuf

la dalle sans défaut du ciel d'été</td><td>Ma liberté m'éblouit mais à ce feu durcit un regard neuf</td></tr>
</table>

le ciel compact d'une suffocante saison
foudre plane à provoquer

Dans l'aube inextricable transgression des limites – insolence aux frontières –
Vivante au sang fleurissant noir
Multiple dans les cercles de mon sang comme une rose souveraine
rose effusive dans le ressassement de mon sang
béante
j'évapore une chair vulnérable
mes larmes et mes sucs /
Je fomente un conflit délectable
/ guerre selon ma convenance / guerre selon mon exigence /
Je m'échange

mon sang mon amour mes saisons et mes mains vulnérables
pour l'incorruptible plaisir de m'éprouver inépuisable

Je suis au seuil de moi-même puissante d'actes durs que je réprime et rassemblant l'effort, le souffle / Je deviens statue de moi-même armée en mon contour /
/ Au seuil du cahier vierge où s'ouvrent les vacances et l'inévitable devoir. Je m'oblige / appliquée (Vacances ouvertes aujourd'hui pour l'éternité)
Cette patience est de toujours que j'ai mise aux plus humbles tâches
Cette vigueur est de toujours et le plaisir du labeur lent
(Ainsi faisait l'enfant dans la crainte du père et l'orgueil de se vaincre) Pareille. Je sais ma race artisane et que les femmes de ma maison auxquelles le plus je ressemble tôt levées le matin ordonnent ainsi le jour selon des efforts résolus.

L'une tisse et cette autre brode... Femmes sans grâce, aiguës ou lourdes, mais gouvernant, économes du temps docile. J'ai leurs vertus et leur front qui s'obstine et ces mains attentives où naît à force d'usure la courbe la plus pure

/ Je n'improvise pas / Je prémédite une entreprise d'orgueilleuse, solidement, inébranlablement sise Je rêve d'une merveilleuse mesure J'invoque Eupalinos :
(– Il n'y a pas de détails dans l'exécution...)
Stable trésor, temple simple à Minerve Vit-on jamais bâtir sans projet sûr?

Mon acte est à ma ressemblance empruntant de moi non la forme mais le mouvement mon acte révèle ma géométrie et mes révolutions invisibles / Style / Arme / L'aigu jailli de ce corps lourd, le tranchant de moi-même, ce par quoi je fais front.

Œuvre régie non par des lois morales mais par des exigences dynamiques. (Musique, architecture!) gouvernée – J'ai barre sur elle! – J'inscris en elle mon architecture – Elle comble en moi un sens mathématique. Non de fragments assemblés (rhapsodie!) mais d'un seul tenant, d'un seul élan, indivisiblement élevée. (Comme ces meubles de grand prix sculptés dans la masse de

bois. Ou comme un être composé, organisme. Et tout en elle nécessaire. Car, que sont les mots qui ne concourent pas au style? Trois saisons musicales. / Un langage accentué /
Œuvre non pas achevée, non pas close, mais tout entière suspendue, incertaine, oscillant : la vague au point de sa culmination, à l'instant qu'elle va se briser. Œuvre à l'élan vulnérable proche de s'inverser – où la ferveur touche au désespoir, la victoire à l'échec. Proche de se précipiter. (Mais retenir toujours la conclusion, la résolution, différer l'achèvement)

J'y inscrirai la courbe selon laquelle j'ordonne mon jaillissement. C'est moi-même que je façonne ici. Moi-même à l'instant de me parfaire et de mourir.

* Invocation aux vertus patientes. / Licence. Impatience sur ma grève!

** (existence) – sa saveur – excessive – sa faveur – refusée – « Fragments des Mémoires d'une Fille laide » (Ô combien saturnienne!) *Inscrire ici mon alternance essentielle* (suggérant ainsi une problématique dualité, en même temps que son impossibilité : interdit pour l'esprit de vivre hors de la chair vulnérable et corruptible!)
mot interdit : âme : amande.

Douleur du désir de s'abstraire de soi-même alternant avec la jouissance d'être : bonheur selon mon corps – Ô succulences – nourritures! – et puis l'écœurement, la rage de se dissoudre, ou de s'éroder...
Bonheur d'Agde! – Agde faisant mon corps plus pareil à l'élément – pierre poreuse et brunie, poncée, échange de ma chair en un métal lourd et pur. Bonheur de subir l'érosion marine, qui sculpte, affouille, avive, bonheur de devenir soi-même une œuvre... (Pareille à ces fragments d'aérolithe!)
(Baudelaire : *De la concentration et de la vaporisation du moi – Tout est là*) Donner à ces pages où tantôt je m'épanche et tantôt me reprend, par ce gonflement alternatif du souffle, une respiration de voix, ressassement rythmique s'inachevant et me tenant prisonnière. Mais qu'en cette monotone oscillation, chaque fois on craigne la rupture – et qu'à la fin on en éprouve la nécessité.

Alternance sans résolution dont l'absurde, la clôture soient sensibles : préparant le jaillissement nécessaire.

Ici, toutes racines vivantes encore / – et cependant sensibles mes différences – Que l'entier du monde soit présent, aimé, et cet amour menacé d'étouffement ou de sclérose.

Bonheur d'Agde : non par l'élan, mais par le centre – convergence autour du centre immobile. Le monde rayonnant vers lui de tous les horizons.

(Perfection solitaire de l'Hermaphrodite)

S'abstraire... ce goût en moi des mots abstraits chargés seulement du souvenir des choses, de leur éclat ou de leur ombre, mots sans poids!

(Nécessité de jaillir hors de l'existence –)

(Résolutions) Exigence

***

Je traçais l'autre année (au lendemain de la lecture des H. E)
sur une feuille quelconque

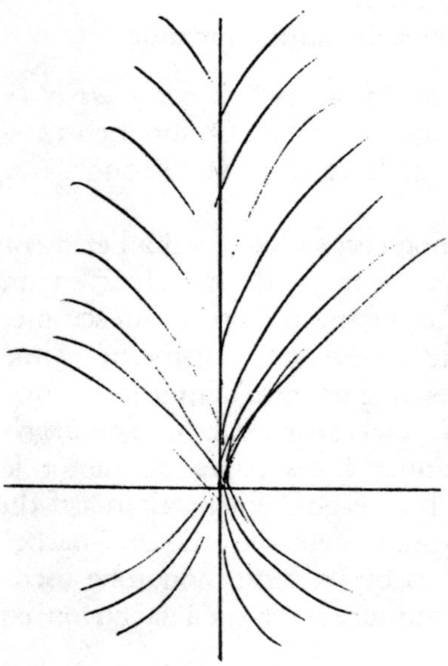

(détruite en un moment de doute – inutile puisque je me souviens)
cette figure représentant l'élan toujours déçu de vivre, les tentatives avortées, le jaillissement toujours plus nu, toujours plus solitaire... Stylisation qu'impose à chacun de vivre illustrant cette parole inscrite en moi :
– Tout homme naît multiple, meurt unique. C'est cela que je voulais dire : cet abandon successif des possibles – cette élection de soi-même à chaque instant nécessaire et douloureuse, cette persévérance dans l'abandon...

(Alors qu'on avait cru que s'élargirait toujours le champ des possessions, que le monde comblerait des bras ouverts toujours plus grand...)

(Puis de cette élection contrainte en venir à l'élection délibérée – à la clôture de soi-même – Nécessité de s'abstraire du monde pour le posséder – Souveraineté de l'absence...)

Selon l'image d'un arbre que l'on dépouille de ses branches multiples pour le faire croître en hauteur. Arbre aux branches vaincues, aux branches renoncées. Jaillissant droit vers la foudre, l'appelant. Cyprès! Fiévreux...

Branches rêvées, branches vécues, et les premières tout aussi réelles, plus purement mon être. Après n'avoir vécu que par la communion, ne vivre qu'en sa différence, en sa voix sauvée. *Un refus amoureux du monde* et la volupté de s'en séparer.

(Je navigue désormais sans voiles, selon le seul élan de l'étrave)

Arbre éphémère stérile et splendide, arbre têtu jaillissant doublement vers sa mort. (Le moment est celui où l'amour jusque-là triomphant se nuance d'angoisse)

**** le refus d'être féconde, le refus de survivre – Choix des limites et transgression. Choix mortel accablant la mort.

(L'heure de nuit où je désirai d'écrire ce refus de l'enfant en la mère future me parut solennelle et terrible. Inhumaine. Et je pense à présent que je n'écrirai pas le refus, mais seulement l'incertitude et le déchirement du choix) – et que toutes mes exigences, mortelles les unes aux autres, seront exprimées ensemble ici, faute de pouvoir être conciliées.

« Née pour faire ». éprouvant cette nécessité. mais ne voulant survivre qu'en ma voix...

(« Tropismes »... il est vrai que depuis Proust et Valéry, rien ne fascine comme ces mouvements secrets... je voudrais que l'écriture dessine ainsi ma géométrie intime – mais géométrie mouvante, spectacle de kaléidoscope. M'intéresse surtout le passage – ce qui motive et produit l'alternance (Histoire d'une croissance, et d'une naissance. Illustration de ces mots du poète Je commence à partir de Toi... Dire la longue irritation d'être fille, et cette vocation soudain découverte, la liberté procurée par la soumission, le consentement à soi-même, – et non tant soumission qu'éclosion

Fille! Longtemps cette limite l'irrita. Enfant, elle connut des révoltes nocturnes insoupçonnées de tous...
Fille! et de surcroît sans grâce
Mais fille selon tes bras, selon la courbe de tes mains, je le veux bien mon amour
Et je dis fille comme je dis Navire – Qui ne voudrait être navire gouvernant gouverné?
Fille selon son père et selon son amant, toute entière née de l'homme Et non pas fille fleur vaine dans sa parure de corolles, mais fille fruit, soleil enclos, gorgée de sucs, promise à la consommation
Du refus premier au consentement, une progressive liberté – Abandon comme un jaillissement – Se délivrant de soi-même.
Fille née! Fille fruit! Je célèbre ma naissance et mon avènement, je prends plaisir à ma métamorphose
Je veux dire la jouissance dans l'adhésion et la distance, l'accord et la différence –

(Parler à celui que je refusai de celui pour qui je m'ouvris. Histoire d'un consentement à soi-même, d'un conflit toujours. (L'œuvre entière : conflit clos entre moi et moi...) Fille garçonnière...
(Lettres à Jean-Pierre)
(Peut-être ce mouvement-ci : le matin, je marche vers Agde – face au soleil, face à la mer, dans l'odeur des fenouils écrasés – tout élan, heureuse... et je m'excuse de ce bonheur présent envers celui que je repoussai...) (Le bonheur d'Agde c'était d'abord de marcher vers Agde dans le matin...) Moment où ce bonheur vient à son point d'écœurement. Danger de dissolution.
Insuffisance du bonheur d'Agde – saturation – exigences selon l'esprit. Quel choix faire entre vivre et se regarder vivre? Dire simplement la douleur de devoir se séparer de ce que l'on veut nommer.

Noces, et leurs limites cependant. Distance d'un regard lucide. Lutte entre le désir de se consumer et le « dur désir de durer »   Au centre la figure de la Mort : c'est par elle que l'on accède au désir d'être (entre l'existence et l'être, la révélation de la mort)

(Le phénix?)

(Dimanche au bord du Jaur. Soudaine possession (par la formulation) d'une image ancienne – ces très grands arbres dans la lumière presque horizontale de six heures du soir que je contemplais avec une irritation croissante et presque du désespoir depuis les fenêtres d'un wagon arrêté en gare de Castres... Les feuilles d'un arbre à la fois vaste et frêle sous lequel j'étais couchée vivaient pareillement sur le ciel clair, palpitaient... Ce verbe seul mit à ma merci leur vie fragile; j'éprouvai un moment devant leur fébrilité dérisoire cet amusement, cet étonnement aussi que donne le spectacle de l'agitation collective d'insectes, de bêtes menues... Je dis : « fourmilière... » mais ce n'était pas cela... Où donc avais-je vu cette confusion de pétales éclatants, comme englués au miel de la lumière, ces hésitations, ces frissonnements, ce grésillement clair? L'arbre vivait comme un essaim!

Cigales dans les branches basses d'arbustes, derrière moi, tissant le jour vertical toujours accru par sa base. Parques inoffensives aux vains ciseaux. – Et lorsqu'elles reposent leurs doigts fuselés, leurs ongles sonores, le jour immobilisé se contemple.
(Bandol)
Mains des palmiers – Mains acérées et nonchalantes à la fois – d'une race délicatement cruelle – Mains plumes des élégantes s'éventant dans le soir mol... (Agressivité – exclamation)

(Matin de juin où je vins soudainement à Agde avant même de connaître les résultats de l'examen. Matin, cheminement dans une seule inspiration croissante, le jour humé, provoqué... Livre s'ouvrant sur ce soulèvement heureux, ce durcissement de soi, ce jaillissement dur) (opposé par le souvenir au désarroi de la veille, à l'effondrement pressenti, tout juste prévenu) Cet accord dans l'affrontement. Corps délivré. Corps trop longtemps brimé.
Liberté. trop longtemps différée. Fille! ...Mais je consentais enfin à l'être. Par le pouvoir de mon amant.
Limites de cet amour, et sauvegarde en ses limites mêmes.

(Irritation d'être fille) me souvenir... les arbres que j'aimais et comment je les aimais. (cette possession de l'arbre en son centre. cet accord avec la terre, cette proximité – cette ressemblance aussi.

Si féminine au contraire la petite sœur, peignant les longs cheveux de sa grand-mère... Petit bonhomme toujours – (Gestes interdits. vie confinée. plus tard vie menacée : fille, objet de consommation...

beaux
Dans le train bel échantillon(s) d'une humanité de laquelle je me sépare en l'aimant pourtant. cette fille mère et son enfant gris, ce vieux vorace mais généreux de son pain, un soldat tout empêtré dans sa carapace..

(Auparavant le lever si tôt, et le ciel scruté)

Mains de mon amant. Je n'ai pas connu d'autres mains que les tiennes, je n'ai pas vu d'autres mains que les tiennes. C'est depuis que tu m'as prise entre tes paumes les plus vastes que les mains des hommes et des femmes sont devenues vivantes, et toutes particulières, les unes m'attirant, les autres m'effrayant, douées de pouvoirs pressentis, plus savantes, plus libres. Mais aucune ne m'étonne comme font les tiennes. Je m'irrite et m'émerveille de ne pouvoir les apprivoiser – si familières pourtant, quotidiennes...

Tes mains les premières m'ont prise... Je me souviens d'une caresse sur ma joue au premier jour... Tes mains les premières m'ont découverte, plus précisément possessives que ton regard. Et je devenais terre inconnue à moi-même, dont tu inventais patiemment le relief. Mains d'aveugle, attentive lecture, déchiffrement des signes de ma chair... nul avant toi n'en sut le secret ... Reconnaissance

Ce m'est une preuve poignante de la nécessité de « dire » à mon tour... que cet accord profond avec la nouvelle critique. Je voudrais résumer ici cette étude de JPR [1] sur Le Prince (ou celle de Roland Barthes sur Racine)

– mise à nu des structures. analyse des mouvements. Que font d'autre les nouveaux romanciers? Ils n'emportent cependant pas mon adhésion : leur travail est

1. Jean-Pierre Richard : *Onze études sur la poésie moderne.* (« Le Prince désigne Saint-John Perse.)

inachevé. Cette fragmentation, chez Nathalie Sarraute, ce pointillisme dans l'étude des sensations, des réactions, des mouvements imperceptibles, ne délivrent pas la vie ignorée, mais la dissèquent, la hachent menu. Poussière de vie!

Je regarde les mêmes choses – cette mobilité secrète, cette émotivité – mais je les dirai d'une autre manière, et m'efforcerai de restituer en même temps que leur complexité, le fondu des sensations, en une phrase souplement sinueuse...

Mains sourcières, les tiennes...

faire d'abord l'éloge de mes mains par quoi j'avance dans le monde, par quoi je connais et possède le monde... Puis nos mains à la rencontre l'une de l'autre et ma délivrance sous les tiennes *. Mains tutélaires, celles qui m'ont élevée droite. Je ne me souviens pas de celles de ma mère, toujours présentes, mains s'effaçant, se fondant dans la chaleur et le secours que dispense la paume, petites, à peine grasses, onctueuses – beurre et lait, saveur d'enfance... Si pareilles à celles de l'arrière grand-mère immobile, déposées, mains mortes, oiseaux exténués.

J'aimais tristement les mains actives d'une grand-mère laborieuse, mains érodées, à toute épreuve, à tout faire

Ombre des mains paternelles, savoureuse menace – mains à jouer aussi.

Les miennes m'ont donné le monde...

Les tiennes m'ont reprise et délivrée.

L'enfant : mains aux bouquets, mains aux cailloux, mains à tous les fruits sauvages.
(Jeux de mains) mains aimant les arbres, mains à la ronde (fraternelles)... Mains m'introduisant au réel. (Mais dire d'abord l'étonnement devant les tiennes, sans lesquelles je n'aurais pas

* En marge et verticalement, ces lignes en commentaire d'un dessin de deux mains superposées :

« dégingandé, forme étrangère dont j'aimais l'inharmonie, me dépaysant de moi-même – irritation de ne la pouvoir exactement calquer sur la mienne, de ne pouvoir coïncider avec elle ».

connu les autres, je n'aurais pas aimé les autres – découvert les autres.)
Et je ne parle pas des mains savantes, expertes, des mains miraculeuses, royales, guérissant les fièvres, mais seulement de l'espèce commune, des mains très ordinaires.
Mains pour aimer. Et qu'on prenne mes yeux, mais qu'on me laisse mes mains.
(J'écris aussi comme on dessine... Amoureuses aussi les mains de l'artiste)
visage dans les paumes se joignant aux poignets, coquille ouverte au flux, visage offert sur mes paumes, comme encore l'amande entre les débris de sa coque. Visage comme un bouquet entre ses feuilles digitées.
main ouverte et main fermée : feuille aux deux faces différentes – l'une, extérieure, visible, lisse et parée, close aussi, prolongeant la courbe du bras, l'autre évidée – comme séparée de l'amande dont elle fut le lit – prompte à la ressaisir, à se refermer
mains merveilleusement ordinaires et nues. Et je ne parle pas des mains baguées par l'oiseleur –
mains tenues en laisse, mains surchargées d'or. (Est-ce pour les rendre visibles?) Je dis les mains impondérables, la liberté même. Non pas égales certes – mais l'oisive aussi libre et légère – (Le monde moins soumis à sa caresse)
Main divisée et cependant une . Mains maternelles palmées.

(Je m'éveille au matin, et ta main seule sur ma hanche – (Rêverie en marge du sommeil de l'amant.) Main par laquelle je me nourris encore de nuit. Ton bras racine m'enracinant dans la nuit – (racine engourdie dont j'éprouve à peine la pesanteur. m'unissant à l'amande même de la nuit, ton corps, plus obscur et compact. Je me nourris rêveusement de ton sommeil comme l'enfant respire sa mère, se gorge d'elle, peu à peu, suspendu à son sein. (main par laquelle je tiens à ton corps comme l'enfant à la coque maternelle) Ancre jetée, liberté protégée (Mains de ma mère Ventre de ma mère) – mais les tiennes premières présentes, premières vues, jamais encore vues.
Je tourne contre toi... main sur mon ventre. Et c'est toujours le même étonnement... Je n'ai pas connu d'autres mains que les tiennes, toutes je les découvre à partir de toi. Mains jamais vues. Les miennes même, que l'on me faisait pourtant dessiner (et je

donnais aux miennes, même dans le geste crispé de la saisie d'un objet une douceur rêveuse, comme si j'avais su obscurément leur destination exemplaire qui n'est que de caresser.

Jamais vues Mains invisibles Printemps soudain, floraison de mains (innombrables) (mains monstrueuses, robots) Et si je tire un peu, tu me ressaisis (main veillant au large de toi – bouée. (vigie) (vigilante) (comme mon père au sommeil vulnérable)

Ombre de ta main, paternel abri

(Ce que j'écris est arabesque en laquelle je te saisis)

(Après l'amour – le naufrage – les mains sauvées rament faiblement dans le jour. Une vie convalescente se confie à leur cheminement prudent...) Mains qui seules resteront. Un automne brutal les arrachera – mais non cette arabesque...

(Mains à distance, possession désespérée)

mains-style

mains, nuances d'être

(*nuances* des caresses)

(leur juste poids)

(Mains-feu)

Ces mains autour de moi rassemblant le monde.

(le geste de boire dans ses mains... et tu te penches) (le geste aussi de la nage, brasse)

Je célèbre mes mains inutiles, comme un feu en pure perte, mes mains perpétuelle louange, et forme même de la célébration, ouvertes, exclamation multiple, expansion

– mains-flamme, mains feuilles – sauvages, apprivoisées, apprivoisant le monde, dociles à ses contours, mes mains rivières en lesquelles je me dépense je m'épanche, racines dont je me nourris les miennes ont tour à tour la forme de l'exclamation, et celle du retranchement – pareillement les mains amies tantôt me projettent, tantôt me préservent. Lien et différence. Liens : racines ou rivières, flammes. Différence : la coque

mains limites où je souffre de finir – mains érodées comme un pays rocheux affrontant la mer; Finistère! mains impuissantes à t'enclore – le sable aussi me fuit et laisse mes paumes nues

mains armées par quoi je m'inscris (voulant durer)

mains héliotropes ou tournesols – béantes – (mais c'est un soleil intérieur qui les épanouit ainsi).

Tes mains – toutes les mains possibles – celles du marin, celles du laboureur, celles du chirurgien – artisanes aussi.

toucher, saisir, tenir, caresser, enserrer, presser...
  toucher! mains ferventes comme des lèvres
Introduction à l'amour : mains prémices. (rituelles) délices de l'approche, de l'attente, des commencements, des soifs, des impatiences, mains qu'anime le désir.
      mains se ramifiant comme bronches pour accroître ma respiration, comme palmes, aussi, louant l'espace

Mains qui témoignent constamment. Mains qui pavoisent
Mains apprenties (familières de l'encre et de la pierre ponce).
Mains antennes
(moignons atroces, comme une croissance inachevée)
(mains de mon père si pudiques... si longtemps réservées, qu'une tendresse triste meut aujourd'hui, et qui contiennent mal la caresse; mains sur mes cheveux pour la première fois)

Beauté des mains demi-mortes d'une arrière grand-mère...

Les tiennes mains élogieuses, mains louangeuses – et mon corps crédule, à cette parole qui l'enclôt, mains officiantes

Sur mon sein, ventouse, bouche vaste, baiser étendu.

Ce mouvement-ci : (et ne plus s'attarder à ces rêveries faciles, au plaisir du projet, mais désormais écrire) [Le tout, une rêverie en marge du sommeil de l'amant.]

1 (bienfaits. mains de mon amant, immobiles, conjuguant les vertus paternelles et maternelles. mains que l'on ne voit pas, que l'on ne verra jamais, au dedans desquelles on vit – mains m'enracinant dans la nuit, le sommeil, moi-même – me retranchant du jour – mais encore me proposant à lui, m'enracinant en lui – renouant. main qui délivre et gouverne, qui maintient et rassure.

2 Je tourne contre toi – ta main sur mon ventre – regardée enfin. Mais jamais vue, et pas plus familière qu'à notre première rencontre – (Main fraternelle (mains à la ronde) faisant surgir le monde, faisant surgir mon corps.)

3 Je m'aperçus alors que je n'avais jamais vu les mains des autres. Leur vie leur beauté leur achèvement.

4 Jamais vu les miennes non plus, qui surgirent à ta rencontre – (ayant une longue histoire pourtant – dire l'enfance de mes mains – (familières de l'encre et de la pierre ponce) enfance à laquelle tu les rendis – et leur gourmandise – leur désir

5 Tes mains élogieuses sous lesquelles j'éclos, tes mains amoureuses.

6 Mains au-delà de l'amour, mains sauvées, nous sauvant, leur tendresse, leur caresse,
Mains ma limite – et l'arabesque inscrite – Art – Écriture

7 *Matériaux encore... Pour n'oublier rien de ce que je veux dire...*

1 (climat d'ombre moite – focal – où l'éveil peu à peu se prononce – immobilité vivante de la main – les vertus de son seul sommeil, de sa seule présence.
Plus tard je la regarderai s'animer, s'éveiller,

Je m'éveille sous « ta main » (ta main d'emblée reconnue). Je m'éveille à l'ombre de ta main (comme à l'ombre d'un nuage endormi – ou d'un grand arbre dans le réseau duquel se reposerait le vent prisonnier (et le soleil dort sous son aile, enroulé sur lui-même.
(Je me suis éveillée, sous ta main) (Comme Ile sous le Vent)
Je m'éveille sous ta main immobile – posée – déposée sur ma hanche – comme échouée là, négligemment (palme délaissée par le vent) (caresse surprise oubliée là par le merveilleux marchand de sable – main semeuse de sommeil, à l'ombre de laquelle je me suis endormie, à l'ombre de laquelle je m'éveille. (Quiétude.)
Mieux dire que cette main parle de la tiédeur de la nuit d'été (que déchire maintenant la vivacité du jour) (« l'enfance agressive du jour ») et mieux encore de nuits anciennes, nuits de saisons révolues, hivers passés très vieux ou plutôt d'un espace clos préservé de l'hiver, préservé de la morsure de l'hiver, ou encore l'enfance en retrait des désastres du monde – édredons! et cette moiteur des chambres.

1 Main sous laquelle, bien qu'immobile encore, je reprends conscience de mon corps – je reprends pied dans (les sables du lit) la tiède boue du sommeil. [pétale de pavot] (vertus dormitives)
Je ne tiens à toi que par elle. (Je te devine par elle) main concentrique (courbes homologues), resserrant au plus près de moi la courbe de ton corps – qui se creuse autour de moi comme un ventre maternel. a) Main par laquelle je m'enracine dans la nuit,

(cette nuit plus dense, cette amande d'où rayonne la nuit, cette retraite inexpugnable de l'ombre, que me semble être ton corps.

(Main dont je ne connais que la paume, extrêmement usée, extrêmement unie, fondante, ô main maternelle – dont je n'ai jamais su que l'intérieur *, main reformant, refermant autour de moi comme un ventre (coque dans laquelle je m'éprouve à la fois vulnérable et préservée, précieuse cernant ma fragilité) Je ne me souviens pas plus des mains de ma mère que de moi-même, de la croissance du corps en elles enclos (jeune arbre entre le haut grillage) Bonheur! Mais où reflua mon enfance, me laissant un jour à découvert, exposée – confrontée Les voilà donc revenues... Je m'éveille à l'ombre que font les mains mobiles, les mains habituelles de ma mère, couleur invisible du jour – mains neutres de ma mère – en elles nulle acidité – je ne me rappelle pas qu'elle ait eu d'ongles – ni de bagues – mains faites de savon, de lait, entre lesquelles je tournais, me polissant, me dévidant et m'enroulant, fuseau facile. Talc, poudre; huile; vaseline; mains onctueuses aux soirs d'hiver nous oignant... (essences de pin... pommades) (le parfum d'eau de fleur d'oranger des premières crèmes) Que ce séjour fut facile! Nul geste dont je me souvienne – car se souvient-on de la caresse du jour? [Mains démêlant le jour (Parques favorables) mains résolvant, triant le jour.] Mains extrêmement discrètes et toutes dépensées, effacées dans les soins qu'elles prodiguent.

Mains jamais lâchées de ma mère. (et moi grappe ne

* Dans le manuscrit, un astérisque renvoie à des ajouts successifs assez enchevêtrés :

« si bien que je ne peux savoir leur apparence qu'en songeant aux mains que l'on disait si semblables d'une arrière grand-mère (mains petites renflées d'une graisse très vaine que n'érodaient plus les caresses ni les soins domestiques, mains déposées, figées dans leur contemplation mutuelle, méditatives, figurant dans leur courbe calme une très humaine sagesse. Mains stagnantes, mais survivant encore [mains contemporaines d'enfances déchues, de règnes révolus, mains de régente dépossédée] à l'enlisement du corps empêtré (corps cristallisant et s'accroissant autour de son centre) – croissance et pétrification/ce par quoi il prenait encore jour hors des robes noires ».

abeille reine près de mourir, dans l'étouffement de ses boursouflures abdominales. (Seules actives – dernières actives, promptes plus que le regard) (la mort prenant dans cette chair).

Mains aux bleus stigmates (et comme à la coque du coco le lait devenu poudre, sédiment).

Mains déposées privées sur les genoux d'une aïeule. mains au tricot – mains aux gâteaux aussi.

Vocabulaire – de la gestation – de la sédimentation, l'alluvionnement mais aussi l'érosion, – de la navigation.

sachant pas son poids...) Mains conjurant les fièvres et les frayeurs nocturnes Sans doute lissait-elle mes cheveux, lavait-elle mon corps, le vêtissait-elle... Abolies. Mains tant usées que disparues en caresses (m'ayant douillettement vêtue d'une graisse subtile) Mains déchirées, exténuées, desquelles j'ai jailli.

La tienne ce matin fermement impondérable est pareille, me préservant. Tu dors encore, mon amour, mais ta main veille à l'extrême de ma hanche, vigie, veilleur sur le promontoire. Ta main veille aux confins de nous-mêmes – (et nous referme – écrin – d'une infime distance entre nous, suscitant l'élan, d'un rien précieux, espace d'un souffle)
ta main que balance rythmiquement ma respiration (battements du sommeil en moi) (pulsations)

b) Mais il semble en même temps que tu me proposes, que tu me présentes au jour – prince enfant, nouvelle née offerte aux adorations, que tu me tiens face au monde, *exposée* (et selon ta volonté je renoue avec lui) mais enclose, comme un regard protégé de paupières promptes à se clore – regard latéral d'animal marin échoué sur la grève au matin.

2 Je bouge – à peine dans ta main, je m'avance imperceptiblement au large de notre sommeil, pour le plaisir de feindre la fuite et d'être rappelée (bateau jouant selon la permission de son ancre attentive)

a) Tu me retiens d'une empreinte appuyée (main divisée * pour mieux assurer sa prise) et captive comblée je me rends à l'impatience de tes doigts. Et c'est encore confiance d'enfant que cette soumission délectable (Confiance d'enfant jouant à fermer les yeux, à se laisser conduire) Est-ce à la main de mon père que je cédais ainsi – reddition savoureuse? Mains tutélaires, me maintenant, m'érigeant droite. Mains aux privilèges. clôture et menace. [Mains asséchées, assoiffées de mon père. comme ayant perdu leur sel – saveur douce à présent – leur rigidité, mains qui s'émeuvent... rôdent nostalgiques dans les parages de l'enfance].

* Un astérisque renvoie à l'ajout suivant :
« (main brisant sa carapace, éclosion de la main (pierre plate d'été, serpents surgis de leur sieste.) de la paume contractée naissent alors les doigts, radicelles – (doigts comme rétractiles) (coquillage rayonnant) jusqu'alors indistincts, rentrés dans cette paume (patte) de velours) non pas griffes – ni tentacules – érection de doigts ».

b) (mains dépossédées)
(Mais n'est-ce pas toi l'aveugle que je guide à présent vers le jour, ou mi-noyé que je ramène à la terre ferme après la longue navigation incertaine?... N'ai-je donc échappé aux unes que pour mieux me rendre aux autres?)

3a) N'ai-je donc jailli des mains tutélaires qui ont clos mon enfance que pour me vouloir captive des tiennes?

b) Main singulière aux multiples vertus. « Ta » main (seule)
(D'abord : *vertus* de la main immobile)
(Ta main d'emblée reconnue)

Ta main première vue.
Mais comment ai-je pu oublier ces jeux de l'enfance – la main de mon père mimant de très grotesques bêtes, à peine menaçantes – pour le plaisir nuancé d'angoisse de toutes petites filles. Bête au dos puissant, le médius figurant un cou démesuré balançant une tête plate, fureteuse, obstinée, vorace..., bête venant s'abreuver au rebord des assiettes, dans les jeux du repas du soir. éveillant les réminiscences d'une très ancienne histoire de la terre qu'illustraient de monstrueuses silhouettes – dinosaure! (Bêtes (bossuées) d'encyclopédie, de zoo – que nous faisait le cirque aux animaux domestiques!) [plus grande la métamorphose dans les jeux de l'ombre]
Bêtes fabuleuses et familières... Et la main puérile, soudain se soulevant, à l'aplomb de roses sabots, s'avançant, plus gauche, affrontant l'aînée péremptoire, arbitraire, jusqu'à ce que la voix maternelle s'irrite.
– poignée de main (comme mains décapées ne gardant nulle trace des contacts antérieurs (mains qui trop longtemps furent concédées, compromises, gaspillées. mais retrouvant leur vocation – soudain cette imperceptible angoisse d'être *saisie. Ressaisie!* puis, tout aussitôt la confiance, l'abandon. Nous faisions à nous seuls une ronde. (poignée de main retenue, amorce de ronde déjà – alliance entre nous; puis le monde pris à témoin, affronté, concilié, tandis que nous marchons l'un près de l'autre.) Tu m'initiais à la fraternité. J'étais comme autrefois enfant à la ronde – et le monde se prenait dans notre tendre piège (comme à ce jeu de l'épervier

autre jeu encore : celui du « passage du courant » – jeu de pressions de mains. fluidité, nos mains s'ouvrant l'une à l'autre et se prolongeant, plaisir de la communication

Cette main sur ma joue une autre fois. main qui me recueillait, se creusant comme pour un oiseau; *aile-mère.* Et ma joue fut – là où n'était auparavant que méplat, (friche) morne,
ma joue *fruitée,* savourée du dedans (comme l'outre aux baisers)

Puis tout mon corps nommé, appelé, surgit, justifié.

Mains évidentes, l'évidence des paumes, lisibles, visibles, sans recel. Le critère désormais.
J'avais laissé mes mains d'enfant aux écorces de tous les arbres...
Mains de gisants, nœud.
Ongles des filles qui ne savent pas faire l'amour, qui se veulent objets.

Mon corps sous ta main. ce frisson « d'herbe tremblante »
(J'en pourrais dire d'abord l'attente, l'imminence. et ma peau d'abord rétractile *, effarouchée, très vite convaincue, se rendant – ta main *végétale,* impondérable comme une ombre. *Palme* bien sûr, ou plutôt ombre de palme, à cause de la chaleur, du ciel du Sud qu'invoquent et éventent ces syllabes. Ombre chaleureuse, lumineux obscurcissement. ma chair *infuse,* s'allège. les sucs affleurant aux lèvres, blessure délectable. *ta main poreuse* (de la nature du sable) me fait pareille : *alcarazas!* Je m'évapore au soleil convergent (ta main miroir m'apportant l'offrande du soleil captif. La fraîcheur du désir, sous l'argile où s'ouvrent les bulles, s'accroît. Comment mon corps devient sable : corps aéré, *criblé de pores.* pulvérulence, somnolence; mais *sous l'arène,* un soc de pierre vive prononce sa résistance. L'os, dans son acuité. (main qui loue, séduit, fait chanter, puis affouille, met à nu)
Naissance en moi de tes racines. non encore le lourd pivot gorgé. Liberté de tes racines. Autour d'elles se resserre une chair bue, sucée.
(Ta main, de préférence à ton sexe : plus précise, consciente, attentive, – qui pénètre, mais effleure aussi, enveloppe; bouche

* Un astérisque, dans le manuscrit, renvoie à l'ajout suivant :
(Effroi)
d'abord cette imperceptible érection (corps dardé sous son écaille) pareille à celle d'une Méditerranée sous le mistral bleu, mer concassée, saupoudrée de mille éclats, rebroussée – rebrousse mer. étrangeté – étrange à moi-même, sol lunaire jamais foulé aux cratères insoupçonnés – matière même – irréelle de ce sol – (corps couleur de lune, comme d'un conte, par le prodige des fées marraines affleurement du lait.

et verge à la fois, bouche plus vaste et verge plus agile et plus spirituelle)
Nos mains faisant continûment l'amour – mêlées comme membres – nos mains dans l'indifférence du jour et du lieu (et closes aux regards) mimant l'étreinte (et je vois mieux maintenant que nos corps confondus élevaient une longue prière – comme paumes, intimité des paumes. oraison. nos deux corps semblables à nos deux mains.

Ta main délivrant les parfums. je suis bue...
        printemps

Glissement de régates silencieuses et vives sur une Méditerranée compacte (mon corps pareil à cette grande flaque somnolente, par beau temps. mon corps bruissant à peine sur ses marges, écume, branchies, respiration du sang aux ouïes (et mon sang vire rouge sous ton appel) comme veines ouvertes, par l'effacement de paupières bleues, longues paupières étirées... Sillage : l'ombre visible au fond d'une chair translucide. rides, et leur effacement. (Corps lourd, laitance) Mûrissement du sel

Main fouisseuse, museau du jour entre mes jambes. (et ce cligne-
    foreuse
ment d'un regard offusqué – (assourdi : Sexe-ouïes).

« tes mains pourraient cacher ton corps, car tes mains sont d'abord pour toi »

Main sous laquelle je me gonfle et me renfle, et germe / mais aussi me divise, me diversifie (ainsi mes jambes, coque ouverte (profil de coquillage apprivoisé) – ciseau (non seulement dans la forme dévoilée, mais aussi la matière (affleurement oblique de strates distinctes) – branches d'une étoile mourante asphyxiée, que la mer repentie revient baigner et ravive (et ce cœur, ce bec d'os, à la croisée des branches, s'ouvrant au flux)

Nid – vie lovée, dans la plume et la bourre
    ta main curieuse rapace.

ta main sur mon ventre comme celle (intransigeante et secourable à la fois) où l'enfant qui apprend à nager se confie. ferme quand toute assise fait défaut.

mon odeur respirée à tes doigts (rapportée par tes doigts, comme ces riens emprisonnés par les doigts d'enfant (mains aux grillons, aux cailloux grelottant. ou tout simplement doigt levé dans l'attente, l'expectative (d'autres mains parlent du tabac...) (de la lavande ou de la menthe sauvage – du thym)

main hors de son fourreau

Mûrissement sous ta main.

plus familières que les mains des matrones cueillant l'enfant né, (d'une familiarité à la fois malicieuse et déférente). mains comme celles des nourrices, sans vergogne, sans dégoûts. louange égale de mon corps, nul ostracisme; même aux préférences étonnantes, croissant en tous lieux humides et tièdes; mains aux vertus chirurgiennes; indiscrètes mais (consenties) feignant de confondre mes bouches, la plus lisse et la plus froncée – chagrine? déridée!, Sexe menu – facile – malice de sexe – exercice et nuance – progressive. m'accoutumant à ta présence, à ta rigide et pesante présence – toujours frayant en moi-même le chemin; main par laquelle je m'avance en moi-même – douceur et obstination alternées, conjuguées, souplement dure, qui exige et consent, persévère et atermoie, provoque et rassure; main qui traite avec le sang susceptible.

Main simultanée. et l'unanimité des caresses. par plusieurs voies je suis rejointe : cernée, encerclée... (mort délectable) les missions progressent me rassemblant. (ta seconde main n'est qu'une multiplication de la première. ta main fréquente et ses divers gouvernements ta main régente – mains, mais sceptre aussi dont j'éprouve la rigidité.

délices de la reddition.

(Ta main, mes rivières rassemblées – rivières d'orage. langue multiple (sollicitude de mère chatte) inlassable mobile sur un clavier liquide, et la gamme venant inévitablement à l'aigu le plus irritant.

Le doigt!

La main se rassemble, se rétracte, s'efface – fomentant quelle charge? charge d'une lance brève – fomentant quelle érection? Main élaguée, telle un arbre dont on veut accroître la vigueur. Main dépouillée de ses doigts d'apparat – rigoureuse, qu'arme

l'ascèse. C'en est fini des propos évasifs, des palabres générales, conversations, salutations, grâce, politesse – L'index surgit, péremptoire, irréfutable auquel la main (se) délègue – Doigt où le corps s'appointe, s'aiguise – intimant silence, immobilisant le corps. l'avertissant d'on ne sait quel arbitraire nouveau. Acidité, vivacité. Main intentionnelle. le kaléidoscope autour se fige – mais doigt aussi en lequel le corps s'effile et se nuance pour une œuvre précise et préméditée. (Provocation – Décision) Doigt au long d'une corde (la résine sur l'archet)   Doigt vérificateur
Pointe, mais pointe ployante, cime vibratile...
Doigt pour écrire sur le sable... Quel poème très neuf inscrit-il sur mon flanc? d'une trace lente et sûre – ou me cernant de ce trait grossier des dessins d'enfant – et je deviens comme une image.
(Main qui gouverne, mais aussi joue, doigt se recourbant pour l'invite) Main ductile, docile et pénétrante à la fois – traitant aux portes de mon corps – soudoyant – feignant la soumission, le repli – menant une guerre d'usure – puis m'ouvrant un moi-même inconnu (Couloir! comme une faille souterraine égout de sucs de
(galerie)
pluies nocturnes. Je m'ignorais si sombre et si profonde
Doublement creuse, périlleuse; je m'étonne...
ta main qui intercède.
(Entremetteuse – entremise – noces par procuration)

Doigt prudent dans l'affrontement des périls – Doigt funambule, virtuose. Sa caresse est d'abord comme un sillage d'avion par ciel clair,
comme la courbe d'un vol impondérable...

Doigt pistil. (mon parfum aux extrémités de tes doigts, comme pollen englué au pistil) (mais aussi ce relent que délivre la coque d'un bateau ouvrant la mer
Main m'empoignant à la croisée des cuisses : et bien qu'horizontale, je pèse sur elle comme poupée écartelée – vertige comme d'une danseuse ainsi soulevée par son partenaire – Doigt pal (ou figurines automates tournant sur leur tige)
Je me résous alors en un angle, la concavité de l'angle qu'ouvrent mes cuisses que répètent, homologue, mes bras – Je vis comme un angle vibrant – angles emboîtés (ou multipliés comme ondes) – circonflexe – et je m'ouvre, proche du plus grand écart, proche

même du retournement, (supplice des compas désarticulés) – de la projection de mon sommet profond – (métamorphose d'un angle)
L'index s'exclame d'allégresse. (mais aussi questionne, dans l'attente d'un écho. (Toutes vertus superlatives de ta main) forage. forage d'un insecte tatillon; ma nuit s'ajoure de galeries, de chambres aux trésors – Mon ventre aurifère, aux gisements insoupçonnés suinte de liqueurs... d'obscures et suffocantes soutes sont aérées. mystère d'architectures secrètes, mystère tel qu'aux pyramides... Pistes décelées

Le regard de la main. multiple : chaque paume cyclope – mais les doigts yeux de paon, regard comme voilé d'une taie – paupière qui ne laisse voir du monde qu'un jeu d'irisations, un kaléidoscope... semble aussi le fond même du regard – comme paroi où l'image trouve un écho, s'inscrit inverse.

Mains fossiles : mon corps couvert de ces fougères capricieuses – tes mains fougères, caresses de franges. vol – foin sur la fourche

Géographie nouvelle de mon corps horizontal : sous ta main convergente, étoilement, rayonnement de mon corps, mes membres et ma tête – pentacle – (s'attachant tous) (et) divergeant depuis ce centre – vers lequel se resserrent les cercles des caresses. Étoile de mer échouée.
Je me resserre autour de ta main – veine étrangère dans la tranche du corps, comme un arbre frileux se rétrécissant, se contractant autour de son cœur dur. (accroissement, épaississement des cercles de lignite.)
Tu gis – main gisante, marmotte ou loir – puis t'animes infailliblement – quelque chose d'angoissant dans ce savoir, ce pouvoir, cette efficience (apprenti sorcier?) C'est en moi comme l'éveil d'une roue que meut le sang, les pales intermittentes battant égales et lentes – un soulèvement à chaque instant rompu... renouvelé... ta main me moud – rivière...
Essieu poli. *Levier :* tu soulèves mon corps à la pointe d'un doigt – merveilleux Hercule...

Main qui me prend au gîte, qui force une tanière fourrée, qui prend mon cœur au gîte – cœur qui se débat, pantèle – braconnière et brutale, d'une rudesse qui ne va pas sans compassion

Autour de ton doigt retournement (comme d'une fourrure – et la chair vient au jour.
Inlassablement, tu me ramènes en mon centre, comme sable que l'on essaie d'amasser, comme colline croulante de sable, (pentes érodées vers le haut cratère)

La main de mon amant. La nommer rend plus évident, plus irritant le mystère de ses pouvoirs.
(Louer aussi la main qui parle – expansive, méridionale – et ses intonations, ses inflexions,
orchestration du discours, persuasion, comme pour accroître la portée de la parole –
ferveur de prosélyte, voix accentuée. Discours naïf, voix qui s'ébroue
(et ta caresse est la plus persuasive des louanges)
tu racontes à mon corps ses aventures incroyables...

Mais encore main poursuivant d'inavouables entreprises cependant que ta bouche bien disante me captive – main de pickpocket. puis feignant de se laisser prendre en flagrant délit – vol sur le vif. Jeu!
« travail au petit point! »

Jamais je ne fus mieux émue par sa nudité que ce jour d'hiver où pour m'accueillir et mieux me saisir, – nous renouer – tu quittas ton gant fourré – main plus vulnérable, dépouillée du cuir, de la fourrure. chair intime. (chair dépecée – écorchée)
Auprès de nous, entre nous, cependant que nous marchons, captivés par nos sourires, nos mains se font fête – bêtes familières, chiens – et leurs soubresauts fous, leur allégresse désordonnée – mordillements, brusques élans, pressions, enchevêtrements de membres – Assauts et tendres prises; désordre puéril comme pour susciter l'attention des grandes personnes. Et cependant que nos lèvres contiennent encore leurs baisers, les mains juvéniles, naïves et directes, faisant foin des préambules, s'étreignent, se dépensent, s'exténuent.
Les maîtres souriants, à peine confus, cédant à ces instances (puisque décidément, par la grâce de ces mains franches, la glace est rompue)
Et d'autres fois tu me l'accordes, comme à l'enfant un hochet,

pour temporiser, leurrer mon impatience – (comme encore la mère conversant avec tel hôte et que l'enfant s'irrite de ne pouvoir accaparer.)

Ongles. visages, irisation. ongles fenêtres en lesquels la main se révèle – leur poli vient-il de l'usure des contacts? *Ongles où la main s'arme, comme, naïve, la rose du Petit Prince,* lames
Et parfois j'ai vu des mains écailleuses, où fleurissait la corne en boursouflures – Affleurement des ongles, comme dalles que découvre un reflux de chair.
C'était souci d'amante que les soins à leur donner : on ne caresse pas d'un effleurement d'ongles, je conjurais une cruelle croissance – Justes ongles, accentuant la main d'une exclamation contenue.
Je n'ai jamais contemplé sans malaise les mains acérées – carminées
Il me suffit de voir vos ongles, filles, pour vous connaître – et vos raffinements; chattes!
Ongles sonores (sonorités même du mot) (verglas.
ongles accomplissant la face la plus vaine de mes mains – ongles seulement visibles, et leur souci est aussi souci de l'apparence.
(comme l'armure d'un regard sous-jacent; plus dense
pudeur des doigts, vulnérabilité sous leur couvert – comme d'une chair trop tendre, trop fragile. ou comme peut-être vernissée, pour prévenir l'excessive expansion du corps (ces feuilles étroites, vernissées jalouses des sucs)
Net
(J'essaie d'imaginer tes mains sans ongles...) (vulnérables, amorphes)
Ambiguïté de l'ongle : comme l'affleurement du sel de la main – mais aussi sa limite morte.
L'amour n'a que faire d'ongles.

Mains après l'amour : un instant submergées, emportées, fétus (« se vidant »), nos mains éparpillées par le plaisir, émiettées. mains tenaces, encore que tremblantes; vieilles seront-elles ainsi? (corps longtemps roulés – polis et doux comme galets – maintenant échoués, et nos mains végétales les fleurissant encore) – vivantes résistant à l'enlisement qui se prononce (rupture d'un obstacle commun, épanchement).

C'est en elles cependant que nous reprenons vie, respirant d'abord sur ses franges – comme ces animaux unicellulaires ne respirant qu'en leurs contours – paramécies, parfaitement amorphes dans leur masse que cerne une ellipse. Nos mains nous sauvent, nous remorquent, longtemps seules vivantes, longtemps seules présentes – La vie en elles reprend comme un feu menacé – flammes nerveuses, inégales, par assauts, soubresauts – vie rétive – et mes mains sur ton dos s'impriment crispées, tordues [mains limites du feu qui se raréfie] [le feu meurt? ou prend? vie des cendres.

fertilité de la terre sous les cendres. mains résurgentes. Longtemps avant que nous puissions parler, nous les chargeons de transmettre nos messages – reconnaissance – Je suis là mon amour, je suis sauvée... Parce que les miennes frémissent encore dans leur exténuement, comme assaillies de cauchemars, les tiennes me rassurent. Mains sur mon dos, mes épaules, mains à ma taille, pareilles à celles des mères, dont la fraîcheur panse les fièvres. Une fois, parce que j'étais à peine dolente, tu m'as confortée ainsi. Sangsue. Assise d'un espace printanier – ou plutôt d'un ciel d'été plus respirable après l'averse, l'orage. Mon front comme la terre d'été crevant de soif et ta main comme un vent promesse de pluie, ta main ayant le goût même de la pluie. (Vertus de la tendresse) (espace au goût de concombre! ou comme l'approche d'une source en Provence) Brûlure du sel à mon front, scintillement du sel, que dilue enfin l'eau douce, l'eau fertile. Fontaine!

Et moi-même un moment pareille aux lits de torrents mis à nu (blancheur des os, blancheur de fièvre, regard brûlé) – je me remets à couler, à m'écouler dans le lit, au long de toi, rive, et rivière semblable; plus allègre d'être libérée. – je me remets à tourner, roue de moulin trop longtemps délaissée, dont les mousses s'imbibent à nouveau, se gorgent, je nourris de lourds
mûris
fruits aqueux, ô pastèques.

Ta main sur mon front : baiser déposé, que ne contraignent plus ses habituelles limites – étalement de baiser.

(Et la caresse de préférence au baiser)

(conjurant sa croissance monstrueuse, sa boursouflure, prévenant l'éclatement, la craquelure – front trop mûr. nauséeux – front gravide où croissent les folies.

Licorne apprivoisée.
(Ingratitude des filles amoureuses oubliant leurs mères)

tes mains dans mes cheveux : et parce qu'ils n'ont pas la fluidité des chevelures dociles, tes mains de fluides et liquides deviennent têtues, persévérantes... Mains se frayant dans la toison, comme mains aux buissons. Tu fais de tes doigts écartés remontant à mes tempes le geste de mettre à nu mon visage; tu me découvres.

(Aventure encore) Ma main novice. mains pusillanimes d'abord. (mains d'adolescente honteuse aux prises gauches, fébriles, mal assurées) Et fallait-il te dévêtir, déjà? Je me souviens de mes mains qu'irritaient tes vêtements, cols! ceintures, et de leur cheminement souterrain, offusqué, le cœur leur manquant, le cœur les poussant... Et dans le lit, d'abord je les ai repliées, épiant seulement les manœuvres du désir de toute ma [coque] alertée. Jaillissement angoissé de mes mains vers ton sexe. Prise de possession tremblante. Puis j'appris à te gouverner, j'appris à traiter avec ton désir visible, l'écho de ton sourire me rassurant. Prise de possession de l'arbre en ses fruits. Mains remplies, riches mains – plénitude – Mains comblées par ta croissance. (Double aventure, double découverte)
Mes mains autour de toi, comme autour d'un enfant. Tu te livres, évident, Je fais les gestes simples qui défroissent et polissent, je t'encercle et tu jaillis entre l'anneau de mes doigts. Mes pouvoirs me ravissent. Source que je discipline, source que je suscite. Mes mains comme un sexe de fille tranché O sexe débouchant sur mon seul regard qu'émerveille cette parade; érection d'un monolithe. simplicité des grandes dalles sacrées. (mes doigts rétractiles) Par l'arbre qu'enserrent mes doigts je possède la forêt.
Mes pouvoirs m'étonnent... C'est sur ton visage aux yeux clos
jubilation silencieuse
à peine battants (aux lèvres ouvertes sur la forme de ton cri prochain) que j'apprends à te conduire, longeant les précipices (ou les écueils) Et si je resserre ma prise autour de toi, ton sourire mourant m'apprend que tu es à ma merci. Je peux te détruire mon amour et peu s'en faut que je ne le désire tant m'exaspère ce corps qui s'oppose au mien.
Tu es à ma merci. Mais cela même fait sourdre en moi la tendresse,

comme pour un enfant confiant – naïf... Ma main se contient – te dépose – se pose simplement sur toi te recouvre, te borde,... D'un doigt suivant le cours d'une veine, d'un doigt te défroissant, je saurai t'émouvoir encore. J'ai maintenant des mains pour ton plaisir, pour ton loisir, j'ai des mains nécessaires...
Je sais aussi, m'accordant à mon impatience, guider ton corps soulevé vers mon corps appelant, je sais nous marier – et ce sont noces publiques, rituelles, noces exemplaires, consacrées de par cette présence des doigts conscients et réjouis
(Je sais encore de mes mains, pour le plaisir d'une courte et rude lutte, simuler ma clôture, je sais différer le plaisir, exalter le désir. Mes mains font ce qu'elles veulent, je loue leur souveraineté

(animal ronronnant sous ma caresse qui le lisse. vrombissement de bonheur. ronflement.

Sais-je où s'en iront tes cheveux
Et tes mains feuilles de l'automne
Que jonchent aussi nos aveux... Ces mots, et d'autres d'Eluard, affleurant, comme paroles neuves et personnelles : nos mains ne sont pas seulement les nôtres, ce sont les mains du couple, mains pareilles toujours des amants... mains fabuleuses, mythologiques, rituelles... Nous nous reconnaissons à nos mains jointes...

mains feuilles de l'automne : mains qui me fleurissaient, et s'effeuillent au moment du plaisir – mes poignets près de se rompre alors, comme ces tiges que fléchissent des corolles trop lourdes, – et la fleur se flétrit

(main fortuite, maussade, sur moi-même)

justesse de nos gestes : parfois nous parlons trop haut, nous rions trop fort, fiévreux, nos mains jamais ne se départissent d'une sagesse faite de patience, de confiance

Quand je ne t'ai vu de longtemps j'ai soif de tes mains comme l'arbre de feuilles neuves à la fin de l'hiver. Quand je ne t'ai vu de longtemps je suis nue dans mes membres comme un arbre dont les branches maîtresses sont devenues moignons.

Mon corps comme une seule corde extrêmement tendue de violon sous l'archet forcené, qui s'irrite et se plaint. Mon corps s'use au poli de mes doigts. C'est un art que je sais de longtemps, leurre des nuits de novembre quand je pleurais de ne pas te connaître. mais à présent mes mains peuvent ce que font les tiennes et tu leur as remis mon corps, serrure docile. Mes mains osent t'imiter.

Un jour une main se tend pour que la mienne y prenne vie, pour que la mienne y prenne feu. Un jour une main me prend et désormais je n'ai plus lieu qu'en elle.

Je suis enfant au rouge-gorge. C'est ton cœur qui bat dans ma main, la pointe extrême de ton cœur mis à nu. Comme tu as peur mon oiseau. Tu jaillis dans ma main comme un cri.

Caresse, bref passage du soleil, comme un pinceau de lumière, que suivrait le sel, que suivrait le sang sous ma peau. Le sang fou flairant la trace du soleil, fou comme un jeune chien, s'égarant pour toujours revenir plus rapidement au gîte noir Mon cœur à fleur de ventre s'ouvrant à la rencontre de ta paume
Cœur noir de coquelicot défroissé.
Sous ta main comme terre de Provence où mûrissent et verdoient les sources. Cratère
(S'il n'y avait tes mains l'amour serait sans amitié.
Cérémonieuses rituelles (geishas) Prémices. Plus précautionneuses qu'avril ou le jour à naître. Aimant – m'attirant avant même de m'avoir touchée – attirant non la peau mais le sang, mains rayons sous lesquelles je m'évapore. Une assise de sel saillante. Saillie. Tenant mon sein : Fille fruit! Surgissement du sein. Éclosion de pôles mon corps s'étoile.
(Douceur comme l'envers de mes joues). Bonheur d'être définie.
(bec) (ailes)
Oiseau griffant le ciel dans l'envergure déployée de mes jambes. Croissance d'un oiseau de proie qui s'irrite au bord de l'espace. Main fauconnière avivant l'impatience de l'envol. Tu m'apprends à te chasser, à te prendre. A l'arrêt. Tu m'apprends à voler Je sais que tout à l'heure je m'élancerai. (Réprimant parfois mon élan)
Doigts multipliant mon plaisir : à leur rencontre naissent des bouches insolites par lesquelles le plus obscur de moi prend jour. Double sexe, je me perds dans ce jeu de miroirs Malice de tes

mains qui feignent longtemps de ne pas savoir où je me cache, qui brûlent parfois, s'éloignent à mon regret, me forcent enfin à me découvrir, me débusquent avec une feinte surprise.
Mains drainant tous mes secrets, tous mes souvenirs, comme on fait de l'herbe éparse une meule de Saint-Jean pour la faire flamber.
Ton doigt au rythme de mon plaisir, mon plaisir au rythme de ton doigt et comme dans certaines danses s'accélérant. Je prends autour comme beurre en une seule motte Je tourne autour, m'enroule autour comme toupie. et mon plaisir devient massif Machine Ah, si tu ne t'arrêtes Viens, toi maintenant qu'une telle ambassade a rendu désirable,
J'ai livré des parfums de bienvenue A sa ressemblance mais seulement long comme mon désir.
Elle a si bien parlé de toi que je t'agrée, te connaissant comme depuis l'enfance.
L'amour fait à quatre mains – hôtesses, maîtres de cérémonies.
Chaque main s'ouvre sur un présent virtuel. J'en suis tout éblouie.
Tu me vêts des étoffes les plus riches, les mieux seyantes à mon corps.

Main seule m'achevant, et c'est une autre fête, comme offerte à ta contemplation.

Le recueil. (mains recueillantes après l'amour : et nos mains vidées d'un coup de nos trésors *nous recueillent*)
étude – *ta main studieuse* m'épelant. me dessinant aussi. « relevé de terrain ». Clavier. Exploration.
à cette évocation des mains permanentes, rattacher celle des mains imposées (royales) aux heures de fièvre – sans doute devrais-je ici me souvenir des mains inquiètes de ma mère, (ou plutôt réprimant l'inquiétude, démentant le regard) je n'ai plus de gratitude que pour les tiennes.
Je loue la main élémentaire, non la moins savante, la plus gauche...
(articulation : mains des robots d'une vie autonome) (les mains vivantes au contraire sont prolongement, *achèvement mélodieux* du corps.)
main attache, amarre, autour de laquelle cristallise le monde.
Main clef m'ouvrant à moi-même (ta main qui la première m'ouvrit, frayant à l'orée du sang le passage). ouvrant l'accès.

Main *structure de l'élan d'être :* expansion, effusion. Le ciel grimpe à mes doigts – liserons –
Empreinte chiffre. marquant à mon chiffre les objets tenus. empreintes singulières; *digitales Volubilis clos et digitales et tous calices faits pour l'enfoncement du doigt* (doigts pour mieux s'enfoncer dans le jour) – *main cinq fois possessive, cinq fois féconde.* jour vaginal autour. *chair vaginale* autour.
Doigts de mon père *fulgurants.* (Père trônant olympien) intransigeance, refus de traiter.
Métamorphose des mains paternelles (desquelles il ne demeure) dépouillées de l'ancienne carapace – ayant perdu leur lignite. fibres battues ou rouïes. mains plus nues, dénudées comme jeunes larves
(Enfance jonchée de carapaces creuses – comme ici tiges de chaume
Doigts où s'effile (s'effiloche) le jour, où s'éparpille l'eau...

assomption? épiphanie? « dénégation fondante »

4 août [1965]

Je m'éveille sous ta main : Et je n'ai pas forme de fille, et tu n'as pas forme de main, mais seulement de moi-même sous ta main : île! Sous le vent, protégée du vent qu'un grand arbre fait prisonnier de ses réseaux. Sous ta main je suis à nouveau, confusément vivante, encore immobile et close, rassemblée, latente... Je me retrouve, sous ta main permanente : sous cette ombre chaleureuse, ombre de nuage endormi dans un ciel de beau temps – le soleil dormant sous son aile, enroulé sur lui-même. Je m'éveille à l'ombre de ta main si pareille à moi-même où la lumière infuse. Et le soleil peut feindre le sommeil, dormant dans sa paupière : je le reconnais, je nous reconnais, aussi sûrement que le saurait un aveugle. obstinée paresseuse

Je m'éveille sous ta main : Et je n'ai pas forme de fille, et tu n'as pas forme de main mais seulement de moi-même sous ta main : Ile! Sous-le-Vent, protégée du vent qu'un grand arbre tient prisonnier de ses réseaux.

(Sous ta main) je suis à nouveau, confusément vivante, encore immobile et close, rassemblée, latente.

constante

Je me retrouve sous ta main permanente : sous cette ombre chaleureuse, ombre de nuage endormi dans un ciel de beau temps, le soleil dormant sous son aile, enroulé sur lui-même.

Je m'éveille à l'ombre de ta main si pareille à moi-même où la lumière infuse. Et le soleil obstinément peut feindre le sommeil, dormant dans sa paupière paresseuse : Je nous reconnais. aussi sûrement que le saurait un aveugle.

5 août

Je m'éveille sous ta main...

Et je n'ai pas forme de fille – et tu n'as pas forme de main, mais seulement de moi-même quiète sous ta main : Ile, ignorante encore de son contour que noie une insidieuse marée, n'éprouvant que sa masse compacte. Sous le vent, protégée du vent qu'un grand arbre d'ombre sourde tient prisonnier de ses réseaux, je suis à nouveau confusément vivante, encore immobile et close, mais rassemblée, latente, corps submergé proche de l'émergence, prévenant une menace de suffocation. Je me retrouve identique sous ta main constante (sous cette) ombre chaleureuse de nuage à l'amarre dans un ciel de beau temps, le soleil dormant sous son aile, lovée (sur lui-même). Je m'éveille

Comme autrefois dans (l'accueil quotidien) la prévenance du sourire de sa mère, elle s'éveillait maintenant sous la main constante de son amant. Elle ne savait d'abord rien d'elle-même sinon cette limite la longeant, ce bref mais imprécis happement en un point de son contour, et qu'elle était chose tenue, fixée, définie, bien qu'ignorante encore de sa forme et de son nom, mais l'apparition de cette première ligne (où) s'ébauchait le partage de l'ombre et de la lumière la peuplait de l'écho (discontinu) de matins (semblables) (antérieurs); la familiarité de ce proche horizon (bien que non encore élucidée) la rassurait, l'encourageait à l'abord (?) de cette région incertaine, pénétrable et pénétrante, plus fluide que la nuit, dont elle devinait – à quel imperceptible infléchissement de l'air sur son visage renversé?) l'imminence. Elle frémissait comme près de céder à la suggestion de cet espace (plus) malléable qui s'offrait au long d'elle, qu'elle côtoyait maintenant, pourtant gardée de tout vertige. La main qui lui imposait le jour le rendait navigable comme la main virile à laquelle se confie l'enfant apprenant à nager... Ainsi s'abandonnant s'affermissait-elle sou-

(progressait-elle)

levée d'inspirations égales, dociles; vagues riveraines (?) du jour accomplissement. sa densité s'accroissant)/côtières

sa confiance

soumises à son gouvernement Pesante à nouveau – mais n'étant encore que présente. Quand soudain

« Approximations »

l'avenance?

prévenue par?

Comme autrefois dans la prévenance du sourire de sa mère, elle s'éveillait maintenant sous la main de son amant.

frontière la

Elle ne savait d'abord rien d'elle-même, sinon cette (~~limite la~~

gardant

~~longeant~~) ce bref mais indécis happement ~~en un point de son contour,~~ et qu'elle était chose tenue, fixée, définie, bien qu'ignorante encore de sa forme et de son nom; mais l'apparition de cette première ligne de chair où s'ébauchait le partage de l'ombre

du jour

et de la lumière la peuplait de l'écho multiple des matins anté-

l'horizon immédiat

rieurs; la familiarité de ce proche horizon – bien que non encore

l'étendue

élucidée – la rassurait, l'incitait à l'abord de cette région incertaine, pénétrable et pénétrante, plus fluide que la nuit, dont elle devinait – à quel imperceptible fléchissement de l'air sur son visage renversé? l'imminence. Elle frémissait, comme près de céder à la suggestion de cet espace plus malléable qui s'offrait au long d'elle,

sauvée

qu'elle côtoyait maintenant, pourtant préservée de tout vertige : la main qui lui imposait le jour le rendait aussi navigable, exigeante et secourable à la fois, comme la paume virile à laquelle se confie l'enfant apprenant à nager; et c'était bien, la gonflant, la faisant plus dense et stable, afflux en elle de confiance puérile, celle de l'enfant rassuré que sa progression dans l'élément liquide émerveille. Ainsi s'abandonnant s'affermissait-elle, soulevée d'inspirations égales, dociles, vagues bordières? du jour soumises à son gouvernement; pesante à nouveau, présente à nouveau! mais qui

n'ayant

n'était encore que présence neuve, naissance, – ~~puisqu'elle n'avait~~ d'autre passé qu'un matin ~~perpétuellement~~ renouvelé – quand soudain, comme en un miroir intime s'allumant, elle se resouvenait en deçà du passage nocturne, de sa rive ancienne et de l'embarquement : elle s'éveillait sous la main qui l'avait endormie. (Il semblait que le jour se fît semblable à la veille pour se ressaisir d'elle sans l'effaroucher, comme pour rendre un amnésique à son passé on s'efforce d'en reproduire autour de lui l'apparence.) Après l'errance souterraine, divagation de fleuve * fourvoyé, résurgente, elle glissait à nouveau sur sa pente, rejointe par son cours tronçonné que l'oubli dans lequel elle l'avait tenu avait immobilisé longuement en une stagnation rêveuse; elle coulait à nouveau dans le lit facile de son histoire de fille très aimée (: Prise, et pourtant mobile, d'une mobilité contenue, plus délectable encore d'être virtuelle, – mobile comme un arbre, comme une attente d'arbre, comme ferveur d'arbre dans l'attente du vent – elle renouait avec son être essentiel, se retrouvait au cœur d'elle-même, dépouillée, nécessaire, dans la saveur de sa condition particulière, exemplaire, captive heureuse, libre de se vouloir captive, aimant à le demeurer).

(Vie d'oiseau apprivoisé)

Elle s'éveillait et recommençait à respirer, se délivrant en de soudains défroissements de bronches fripées, pressée et soulevée sous l'astreinte et l'invite de cette main qui suscitait et réprimait le surgissement de la hanche où croissait l'impatience d'être (s'opposant à la paresse première) Elle naissait d'une naissance à la fois forcée et indéfiniment retardée. ce n'était encore que dépôt, strate, gisement de glaise originelle avant d'être façonnée

* *Variante :* de navire fourvoyé dans les chenaux impraticables vers la haute mer prochaine, imminente.

Au vrai cette main-maîtresse reconnue qu'elle saluait et nommait n'était cependant pas distincte d'elle; mais, comme le cerne naïf qui dans un dessin d'enfant résume en les opposant deux masses
de primitif
de lumières différentes, cette ceinture souple lui révélait leurs deux corps; elle ne se connaissait encore qu'en ce miroir où sa hanche devenait plane. – Aussi bien ~~était-ce la hanche qui~~ répondait-elle à la main, les deux corps se faisant indéfiniment l'écho l'un
~~proposant~~
de l'autre, réponse feutrée s'amenuisant jusqu'à n'être plus qu'une vibration égale, continue, une modulation chaleureuse, ~~jusqu'à n'être plus qu~~'harmonie secrète, ~~douceur de l'air qu'ont animé des voix chères~~...

Elle s'éveillait sous sa main... Elle n'avait pas forme de fille, il n'avait pas forme de main, mais elle se reconnaissait, massive, identique, sous cette emprise invariable, vie quiète qu'il opprimait à peine d'un excès de douceur. Elle était à nouveau confusément vivante, encore immobile et close, mais rassemblée, latente. Comme une île incertaine de ses contours que brouillent les vapeurs du matin, ou peut-être mi-noyée par une insidieuse marée, corps submergé mais proche de l'émergence, mû par l'angoisse de la suffocation. Ile-sous-le-vent, protégée du vent qu'un grand arbre d'ombre sourde tient prisonnier de ses réseaux, île somnolente sous une ombre chaleureuse de nuage à l'amarre dans un ciel de beau temps, le soleil lové dormant sous son aile... Elle s'éveillait sous sa main qui n'avait pas forme de main, mais seulement de courbe nonchalante du vent repu de pollens (– fine graisse figée) – forme de caresse oubliée, caresse de sable, la trace enfin relevée du fabuleux marchand qu'enfant elle épiait sans jamais le surprendre; main-fée vulnérable. aux philtres qu'elle distille, semeuse de sommeil distraite succombant à son charme désormais inopérant... Ou peut-être après cent ans révolus d'oubli au fond de forêts devenues inextricables, le temps venait-il de revivre sous l'effleurement d'une main amoureuse? Le jour à sa
de doigts
naissance est pure fable, et réserve de prodiges [1]!... Elle s'éveillait

Sous une ne semblait
1. Elle s'élaborait, se composait, à l'ombre d'une main qui n'était pas main mais
fruit rond s'engluant le soleil dans ses miroirs
~~seulement~~ écorce de fruit doux où le soleil englué en mille miroirs polis – aux riches

à l'ombre de la main écorce de son amant [2], non pas main, mais paupière très unie la protégeant de l'acuité du jour, n'en laissant passer jusqu'à elle qu'une liqueur qui devenait sa chair même, sans cesse croissante, ombre où la lumière infusait, prochaine, se
(sous ses bandeaux)
prononçant. Tout entière comme un regard clos, elle se devinait et choisissait parmi les avenues du matin sa voie habituelle, aussi sûrement que l'eût fait un aveugle né [3]... Et c'était aussi le deviner et le choisir.

Elle le devinait, bien qu'il ne tînt à elle que par cette attache fragile qu'il eût été aisé de rompre sans même qu'il s'en aperçût.
Atteinte – comme le cœur d'un fruit que flèche un rayon de sucre connaît son écorce où se condense le soleil –
(fruit sous son unique paupière)
Elle se devinait, comme un fruit qu'illuminent jusqu'en son cœur
rayons
les ~~flèches~~ de sucre convergeant depuis son écorce.
Amande de fruit, plutôt que fruit – et toute la chair de leur secret mûrissait entre eux –
Chair et fourrure. Au cœur d'une nuit de sucre...

yeux comme voraces des insectes, ~~précipite~~, se condense, écorce d'agrume, sous laquelle sa chair d'orange s'illuminait jusqu'en son cœur de rayons de sucre convergents... Puis
d'une pêche l'ombre mince, opaque
elle devenait claire, limpide, comme pulpe d'amande sous son écorce ~~brune au dehors, blanche au dedans~~ : Elle était dans sa main ~~comme~~ l'amande de leur secret cette chair de leur secret qui mûrissait entre eux... ~~Elle était~~ le cœur d'une nuit blanche de sucre...
Fruit fleur, figue fleur éclose (confusion des ordres)

2. Elle s'éveillait, se découvrait à l'ombre de la main...
elle était tout entière comme un regard sauvé que l'on maintient encore sous un bandeau pour le préserver de la cruelle merveille des couleurs; mais elle se devinait déjà, et choisissait parmi les avenues du matin sa voie...

3. Et c'était aussi le deviner et le choisir... Elle le devinait bien qu'elle ne tînt à lui que par cette brève attache qu'il eût été aisé de rompre sans même qu'il s'en aperçût.
Elle le savait massé autour d'elle, corps de profil creusé comme était aussi le sien, d'une course seulement plus vaste dans l'accueil de laquelle elle se logeait, préservée – comme aux jours de grand vent dans un creux somnolent de dunes où ruisselle, s'amasse et
Il lui dispensait
stagne la chaleur – Elle savourait comme une tendresse de graine recourbée autour du germe bref, tendresse de l'abri de plumes de la couvée – tiédeur de logis maternel N'avait-elle pas retrouvé d'instinct – adossée à lui, membres repliés – la position de l'enfant à naître? Elle tenait à lui comme l'enfant au ventre de sa mère et pendue à lui...

Table

IV

V

DOSSIER DE L'AMANT

Cet ouvrage
a été composé
et achevé d'imprimer
en décembre 1984
par l'Imprimerie Floch à Mayenne
pour les Éditions Albin Michel

AM

N° d'édition 8601. N° d'impression 21680
Dépôt légal : janvier 1985

IMPRIMÉ EN FRANCE